SIGRID HUNOLD-REIME

Frühstückspension

FRIESISCH HERB Ein milder Tag Ende November. Nach 30 Jahren Ehe verlässt Teresa Garbers nach einem Streit Hals über Kopf ihren Mann Reinhard und Hannover.

Auf dem Weg an die Nordseeküste hat sie in der Nähe von Wilhelmshaven einen schweren Unfall. Sie kommt mit einem Schock davon und sucht sich ein Zimmer mit Frühstück. Das findet sie bei der gleichaltrigen Tomke Heinrich in dem Küstenort Horumersiel. Die lebhafte Frau verhält sich merkwürdig, offenbar hat sie ein Geheimnis zu verbergen. Doch an ihrer Seite hat Teresa endlich den nötigen Abstand und Mut für ein neues Leben. Und leider bald auch eine Leiche zu viel …

Sigrid Hunold-Reime, 1954 in Hameln geboren, lebt seit vielen Jahren in Hannover. Seit 1995 verfasst sie Lyrik und Kurzprosa, seit 2000 – inspiriert durch eine Ausschreibung – auch Kurzkrimis und Kriminalromane. Sie ist Mitglied bei den »Mörderischen Schwestern« und im »Syndikat«, der Vereinigung deutschsprachiger Krimiautorinnen und -autoren.

Bisherige Veröffentlichungen im Gmeiner-Verlag:
Schattenmorellen (2009)
Frühstückspension (2008)

SIGRID HUNOLD-REIME

Frühstückspension

Kriminalroman

Original

GMEINER

Personen und Handlung sind frei erfunden.
Ähnlichkeiten mit lebenden oder toten Personen
sind rein zufällig und nicht beabsichtigt.

Besuchen Sie uns im Internet:
www.gmeiner-verlag.de

Im Ehnried 5, 88605 Meßkirch
Telefon 07575/2095-0
info@gmeiner-verlag.de

2. Auflage 2009

Lektorat: Claudia Senghaas, Kirchardt
Umschlaggestaltung: U.O.R.G. Lutz Eberle, Stuttgart
unter Verwendung eines Fotos von: © Peter Hebgen / PIXELIO
Druck: Fuldaer Verlagsanstalt, Fulda
Printed in Germany
ISBN 978-3-89977-771-0

Drei Frauen

Die Erste hat eine Leiche zu viel.
Der Zweiten fehlt ein Totenschein.
Die Dritte sehnt sich nach einem Begräbnis.

Ihre Wege kreuzen sich an der Nordsee.

Der Knall erschreckte sie nicht. Sie suchte nur verwundert nach seinem Ursprung, als der Wagen unter ihr zu tanzen begann. Sich von ihrer Steuerung befreite und nach rechts ausscherte. Sie hatte keine Angst. Daran erinnerte sie sich deutlich. Sie hatte keine Angst, und sie versuchte nicht, gegen diese fremde Zugkraft zu lenken. Ließ den Wagen einfach fahren. Knapp an Bäumen vorbei raste er auf ein Feld zu. Die Bilder kippten in schneller Folge, bis der Himmel wieder an seinem Platz war.

Stille. Das langsame Begreifen: Ich habe überlebt. Erst in dem Augenblick kam die Angst. Überwältigt von ihr, schloss sie die Augen. Dabei wusste sie längst, der Platz neben ihr war leer. Er hatte sich nicht angeschnallt. Hinausgeschleudert. Lag irgendwo verletzt auf dem Feld. Sie rührte sich nicht. Dabei hätte sie ihn suchen müssen.

Jemand rief nach ihr. Rüttelte an der Tür. Sie war unfähig zu antworten. Hände griffen nach ihr. Zogen sie ungeschickt aus dem Airbag und betteten sie in das kühle Gras.

»Leg doch eine Decke unter sie!«, rief eine aufgeregte Frauenstimme. Ein Martinshorn. Es kam näher, bis es dicht neben ihr verstummte. Türen knallten. Eilige Schritte. Eine Hand umfasste energisch ihr Kinn.

»Hören Sie! Können Sie mich hören? Öffnen Sie Ihre Augen!«

Eine männliche Stimme. Ruhig und bestimmt. Sie konnte sich ihr nicht entziehen und öffnete ihre Augen.

1

Horumersiel Ende November

Ich fahre langsam die Deichstraße entlang. Rechts und links stattliche Pensionen. Viel zu groß für mich. Weiter hinten am Deich ein schmuckes Haus nach dem anderen. Blütenweiße Gardinen. Falte an Falte. Auf den Fensterbänken prächtige Grünpflanzen. Die Gärten sind für den Winter gerüstet. Vor den Einfahrten stehen Kübel mit Heide und Wacholder Spalier. Viele haben ein Schild ›Zimmer frei‹ im Fenster hängen. Welches soll ich nehmen? Ich hasse solche Entscheidungen. Reinhard hat sie mir ständig überlassen. Keine wirklich wichtigen, aber die Quartiersuche für den Urlaub zum Beispiel. Er habe keine Energie übrig. Dafür umso mehr, um mich zu beschuldigen, falls ich daneben gegriffen hatte.

Die Straße endet. Ich will schon den Wagen wenden und einem Zählreim die Wahl überlassen, als ich dieses Haus sehe. Im Vorgarten drehen sich noch vergessene Windräder vom Sommer. Margeriten und Geranien hat man der Gunst des Novembers überlassen. Der war ungewöhnlich mild. An den Rosenbüschen leuchten sogar noch ein paar dunkelrote Blüten. Ich halte an. Meine Suche ist beendet.

Dunkle Caprihose und ein verwirrend enges Tigeroberteil. Die Füße sind nackt. Lässig an die Haustür gelehnt, sieht sie mich abwartend an. Ich schätze sie um die 40 oder 50. Die perfekt geschnittene, rötlich getönte Bobfrisur gibt ihr etwas Zeitloses.

»An wie viele Übernachtungen haben Sie gedacht?«, fragt sie und verlagert ihr Gewicht auf eine Hüfte.

»Ich weiß noch nicht«, stammele ich und muss an Reinhard denken. Wie viele Übernachtungen? Wie viel Zeit werde ich noch mit ihm haben? Der Gedanke schmerzt. Reiß dich zusammen, Teresa! Gleich zur Begrüßung Tränen, und sie schließt mir die Tür vor der Nase. Aber genau in diesem Haus will ich wohnen.

»Oma! Telefon!«

Die helle Kinderstimme erinnert mich, dass die Frau auf eine Antwort wartet.

»Moment! Ich komme gleich!«, schreit die ungeniert laut in das Haus zurück. Sie misst mich mit einem ungeduldigen Blick.

»Erst einmal für eine Woche«, entscheide ich mich hastig. Sie nickt kaum merklich und reicht mir flüchtig ihre Hand.

»Ich bin Tomke Heinrich. Kommen Sie herein.«

Der Name entlockt mir ein ungewolltes Lächeln. Tomke Heinrich klingt so klischeehaft nach Nordseeküste, wie ihr Äußeres nicht dazu passt. Ich folge ihr auf einer schmalen Treppe nach oben. Im Schnelldurchgang zeigt sie mir mein Zimmer. Toilette und Dusche seien auf der Etage. Zurzeit sei ich der einzige Gast. Das ist mir recht.

»Frühstück zwischen 8 und 10 Uhr!«, ruft sie, schon wieder auf dem Weg nach unten.

»Trinken Sie Tee oder Kaffee?«

»Kaffee. Wenn möglich mit Kuhmilch.«

»In Ordnung. Und Sie müssen sich bei der Kurverwaltung melden.«

Das Zimmer ist klein und sparsam eingerichtet. Links neben der Tür ein Waschbecken mit Spiegel. An der Wand das Bett. Darüber zwei Bilder mit dem üblichen Meeresspektakel. Ein Fenster. Rechts ein schmaler Tisch mit Stuhl und ein geräumiger Kleiderschrank. Ich schließe die Tür hinter mir ab. Im Raum hängt dezent der Geruch von Zitronenreiniger. Ich reiße das Fenster weit auf und atme die würzige Meeresluft ein. Es muss gerade Flut sein. Ich kann das Meer dicht hinter dem Deich rauschen hören. Im gleichmäßigen Rhythmus. Wie Atemzüge. Ein und aus. Sein Bild schiebt sich vor meine Gedanken. Wie er an dem Gerät hängt. Die vielen Schläuche. Keine Körperöffnung ohne. Die Maschine drückt in regelmäßigen Abständen Sauerstoff in seine Lungen. Das Heben und Senken seiner Brust und der monotone Singsang der Pumpen haben mich an das Meer erinnert.

Der schmale Tisch neben dem Fenster würde zum Schreiben reichen. Ich habe mir vorgenommen, Tagebuch zu führen. Vielleicht für Reinhard. Hoffentlich. Reinhard sagt immer, dass ich das Wesentliche beim Erzählen vergäße.

Es ist noch früh. Gerade dunkel geworden. Ich spüre wieder die bleierne Müdigkeit. Schlafen, endlich schlafen.

Das Kopfkissen ist viel zu wuchtig. Mein eigenes liegt im Auto. Immer Angst vor Nackenschmerzen. Aber ich bin zu träge, um noch einmal nach unten zu gehen. Fühle jetzt erst die Schwere in meinen Gliedern. Die Zimmerdecke ist mit Holz verkleidet. Mein Blick wandert spielerisch an den Astlöchern entlang. Unten wird eine Tür ins Schloss geknallt. Der Fußboden bebt nach. Eine energische Frau, diese Heinrich. Sie bräuchte sicher nicht so lange, um eine Entscheidung zu treffen. Ich knipse das Licht aus. Es ist still. Nur das dumpfe Rauschen vom Meer. Ich schubse das Kissen auf den Fußboden und drehe mich auf meine Schlafseite. Er kann sich seine nicht aussuchen. Alle zwei Stunden wird er gelagert. Rechts, Rücken, links. Ob er davon etwas merkt? Schwester Maike meint, ja.

Die Morgendämmerung legt erste Konturen frei. Ich starre gegen einen fremden Schrank. Beobachte die Bewegungen der Gardine im Wind, ohne zu verstehen. Meine Hand tastet nach der Uhr, als ich mich erinnere. Zimmer mit Frühstück in Horumersiel, und es ist schon nach acht. Zwölf Stunden Schlaf ohne Unterbrechung, ohne Traum. Endlich. Erleichtert lasse ich mich zurückfallen.

Sie haben mich zwei Tage lang zur Beobachtung im Krankenhaus behalten. Schleudertrauma und Schock. Ausschluss von anderen Verletzungen. Später wurde mir ein Gästezimmer angeboten. Dort konnte ich nicht schlafen. Immer wieder flackerte Blaulicht durch die Gardinen. Manchmal fuhren die Krankenwagen mit heulender Sirene bis vor die Ambulanz. Über meinem Zimmer lag die Etage mit den Bereitschaftsräumen. Ich konnte die Dienstpieper hören, danach die eiligen Schritte den Flur entlang. Zwei Nächte nacheinander hatte ich einen Mann um Hilfe rufen hören. Ich konnte dort nicht bleiben. Das wusste ich bereits am ersten Abend. Aber erst nach fünf weiteren schlaflosen Nächten bin ich gegangen.

Mein Bademantel liegt ganz unten in der Reisetasche. Später, denke ich und husche im Schlafanzug rüber zur Toilette. Im Flur hängt der Duft von frisch gebrühtem Kaffee. Wieder im Zimmer, beeile ich mich. Ich habe Durst. Nach langer Zeit knurrt sogar mal wieder mein Magen. Dabei hat sich an meiner Situation nichts geändert. Sie ist weiterhin hoffnungslos verfahren.

Ein flüchtiger Blick in den Spiegel. Mein Gesicht ist noch schmaler geworden. Das volle, naturkrause Haar wirkt wie ein viel zu grober Rahmen. Mit geübten Fingern bändige ich meine Mähne und stecke sie straff nach hinten gekämmt fest.

Die Wohnung der Heinrichs gleicht einem gut sortierten Geschenkartikelladen. Herzen, Schleifen, Dosen, Kerzen, Kissen, Porzellangänse und Teddys. Vor allem Teddys. Sie sitzen in unterschiedlichen Ausführungen zwischen den Blumen auf der Fensterbank, in den Regalen, auf dem Sofa und dem Teppich. Nur das untere Drittel vom Esstisch ist frei. Dort ist ein Frühstücksgedeck vorbereitet. Sicher für mich.

Wie hält sie das nur staubfrei, denke ich und suche die übersättigte Umgebung vergeblich nach einer Thermoskanne ab. Ich werde mir einen Heißwasserkocher kaufen, beschließe ich. Damit ich unabhängiger bin. Zwischen acht und zehn hat sie gesagt. Wo steckt sie? Es kostet mich Überwindung, aber ich brauche jetzt einen Kaffee.

»Hallo! Frau Heinrich?«

Keine Antwort. Ich rufe noch einmal. Dieses Mal beherzter.

»Moin, ich bin in der Küche! Wollen Sie sich den Kaffee schon holen?«, kommt es laut und deutlich zurück.

Ich will. Ihre ungenierte Art gefällt mir. Reinhard hätte sie verabscheut.

Das wilde Muster der Küchentapete nimmt mir für einen Augenblick den Atem. Kleine Kirschen, Birnen und Äpfel. Dicht an dicht. Frau Heinrich steht auf einem Hocker. Heute Morgen trägt sie zu ihrer Caprihose ein Shirt mit Dalmatinermuster. Ihr üppiger Busen lässt das Design lebendig erscheinen. Wie tags zuvor ist sie barfuß. Mit einer koketten Bewegung umfasst sie ihre Hüften. Dabei schiebt sie ihr Becken von einer Seite zur anderen.

»Soviel Nippes!«, stöhnt sie und sieht anklagend die Wand an. Erst jetzt erkenne ich, dass vor dem wirren Muster der Tapete Porzellanherzen hängen. So weit das Auge reicht. Zum Muttertag. Unserer lieben Mutter. Unsere Beste. Für die Liebste. Und so weiter.

»Aber zum Wegwerfen ist es zu schade. Ich werde alles dem Weihnachtsbasar stiften.«

Sie gibt sich einen sichtlichen Ruck, der ihren Busen erbeben lässt, und nimmt das erste Herz von der Wand.

»Fällt Ihnen das nicht schwer?«, frage ich, um etwas zu sagen und meine Fassungslosigkeit über so viel Sammelwut zu verbergen.

»Und ob! Seit Tagen räume ich nur hin und her.«

Sie stöhnt noch einmal. Kein kleines Stöhnen, das man gut überhören könnte. Es kommt lang und lustvoll aus ihrer Tiefe.

»Warum ist mir nicht schon viel früher von dieser Tapete schwindelig geworden? Die Wände werde ich weiß streichen, ganz weiß. Und die Decke ...«

Sie stockt und sieht mit einem schrägen Lächeln zu mir herunter: »Was rede ich da? Sie wollen frühstücken. Ich habe noch den ganzen Tag Zeit.«

Ich nicke. Keine Ahnung, warum sich ihr Geschmack so drastisch verändert hat. Wenn ich die überladene Einrichtung betrachte, in jedem Fall eine positive Entwicklung.

Das Frühstückstablett ist vorbereitet. Der Kaffee auch. Mit geübten Handgriffen ordnet Frau Heinrich alles auf meinem Platz an. Für sich selbst holt sie einen Becher mit Tee und die Tageszeitung. Mit einer entwaffnenden Selbstverständlichkeit setzt sie sich damit an das andere Ende vom Tisch. Verwundert stelle ich fest, dass es mich nicht stört. Im Gegenteil, ich habe das Gefühl, schon Jahre mit dieser Frau an einem Frühstückstisch verbracht zu haben.

»An den Wochenenden habe ich immer Gäste«, meint sie, ohne von ihrer Zeitung aufzublicken. »Meistens Väter. Sie besuchen ihre Frauen im Mutter-Kind-Kurheim.«

Ich nicke und genieße die ersten Schlucke Milchkaffee. Dabei weiß ich ihre Bemerkung nicht einzuschätzen. Will sie ihr leeres Haus rechtfertigen oder mich vorwarnen?

»Wird Ihnen das nicht manchmal zu viel?«, frage ich und träufele großzügig Marmelade auf mein Käsebrötchen.

»Nein, das mache ich seit 30 Jahren. Da sitzt jeder Handgriff. Und Sie? Sind Sie beruflich unterwegs?«

Beruflich unterwegs? Die Frage hätte Reinhard mit Sicherheit amüsiert.

Als ich mit Sandra schwanger war, habe ich meine Ausbildung abgebrochen. Hotelfachfrau. Der Abschied ist mir leichtgefallen. Ein neuer Anfang umso schwerer.

Die ersten Jahre mit Sandra waren glückliche Jahre der Langsamkeit. Dann kehrte eine Mutter nach der anderen wieder in ihren Beruf zurück. Ich habe sie bewundert, wollte ihrem Beispiel folgen und habe mit Reinhard darüber gesprochen. Er war keine Unterstützung. Im Gegenteil. Als gefiele ihm meine Abhängigkeit im gleichen Maße, wie er sie verachtete. Später hat Sandra mich gefragt: Warum hast du eigentlich keinen Beruf? Das war kränkend. Was hätte ich ihr antworten können? Dass ich den Zug einfach verpasst hatte?

»Nein, nicht beruflich«, antworte ich. »Mein Mann liegt in Wilhelmshaven auf der Intensivstation. Wir hatten einen Unfall.«

Zum ersten Mal sieht meine Wirtin von der Zeitung auf. Ihre Augen ruhen auf meinem Gesicht. Ich spüre ihre Fragen und ärgere mich, dass ich die Wahrheit gesagt habe. Was geht es diese Frau an, warum ich hier bin? Ich habe nicht einmal Sandra angerufen und erzähle es gleich einer Fremden. Aber sie stellt keine Fragen. Sie nickt nur. In ihrem Gesicht spiegelt sich Verständnis von jemandem, der seine eigene Geschichte durchlebt und nicht in der der anderen herumwühlen muss.

Sie nickt nur und senkt ihren Blick wieder in die Zeitung.

Zufrieden schenke ich mir noch einen Kaffee ein. Ich habe das richtige Haus gewählt.

Vormittags bekommt man vor dem Krankenhaus ohne langes Suchen einen Parkplatz. Keine offiziellen Besuchszeiten. Auf der Intensivstation gehen sie damit großzügig um. Jederzeit, haben sie gesagt. Jederzeit hat mich sofort beunruhigt. Eine klare Anweisung wäre mir lieber gewesen.

Die Eingangshalle ist hell und freundlich. Überall Grünpflanzen. An den Wänden geschmackvolle Drucke. Nischen mit kleinen Tischen und Sitzen. Das Ambiente einer Hotelhalle. Es fehlt nur die Leichtigkeit, zu kommen und zu gehen.

Ich kenne den Weg. Brauche niemanden zu fragen, nicht vor Schildern stehen zu bleiben. Das gibt mir ein Gefühl von Überlegenheit und lässt mich an den anderen vorbeieilen. Hinter einer Glastür kann ich einem Bild nicht ausweichen. Ein Paar. In unserem Alter. Er sieht fahl aus, als hätte man ihn mit Asche geschminkt. Die Frau umspannt ihn mit beiden Armen. Innig, als könnte sie ihn damit halten. Das hat so viel Intimität. Ich sehe berührt zur Seite.

Vor dem Schild ›Intensivstation – Besucher bitte klingeln‹ bekomme ich wie immer Herzklopfen. Klingeln.

Warten. Hände desinfizieren. Schutzkittel. Die Handlungen sind mir vertraut, und doch machen sie mich immer wieder aufs Neue hilflos. Von nun an ist man auf die Freundlichkeit des Pflegepersonals angewiesen. Ich habe Glück. Schwester Maike öffnet mir die Tür. Die junge Schwester ist von Anfang an dabei gewesen. Ich habe sie auf Anhieb gemocht. Sie wirkt so erfrischend, so unverbraucht. Das blonde Haar zu einem Zopf gebunden. Auf ihrer gebräunten Haut tanzen Sommersprossen. Selbst die unkleidsame grüne Dienstkleidung lässt sie attraktiv und geradezu unverschämt gesund aussehen.

Sie lächelt mich an. Ein sehr direktes, herzliches Lächeln. Ich muss mich zusammenreißen, sie nicht in den Arm zu nehmen.

Sie erinnert mich an Sandra. Obwohl die beiden keine Ähnlichkeit miteinander haben. Wie lange habe ich meine Tochter nicht gesehen? Ein Jahr oder länger? Unwichtig. Wir haben uns schon viel früher voneinander entfernt. Anfangs war ich sogar erleichtert, dass Sandra ins Ausland gehen wollte. Die endlosen Auseinandersetzungen zwischen ihr und Reinhard. Immer über meinen Kopf hinweg. Als bestünde ich aus Luft. Mit mir hat sie sich nie gestritten.

In jeder Intensiveinheit stehen zwei Betten. Ein ständiger Wechsel der Patienten. Gestern lag er noch allein im Zimmer. Heute pumpt hinter einem weißen Sichtschutz eine weitere Beatmungsmaschine Sauerstoff in einen Menschen. Am Bett steht ein Mann. Ich kann nur seine Beine sehen. Anzughose mit Bügelfalte. Die Schuhe blank und schwarz. Ich will Guten Tag sagen, bekomme aber nur ein heiseres Krächzen heraus. Der Mann reagiert nicht. Ich binde umständlich die Schleife von meinem Überkittel neu. Unnötige Verzögerung. Sie hilft mir nicht. Ich muss ihn doch betrachten.

Reinhard Gabers. Sein Name steht mit dickem Filzstift auf ein Schild am Fußende geschrieben. Er liegt auf dem Rücken. Wie immer mit geschlossenen Augen. Die Lider glänzen unter einer Fettcreme. In seiner Nase steckt ein Tubus. Die Sauerstoffverbindung zum Beatmungsgerät. Seine Arme sind nackt. Noch immer gebräunt und muskulös. Um den linken ist eine Blutdruckmanschette gewickelt. In den rechten tropft Flüssigkeit aus verschiedenen Infusionsflaschen. Seine Beine sind auf Kissen gelagert. Dabei wirkt er so unversehrt, als könne er jeden Augenblick seine Augen öffnen, sich den Schlauch aus der Nase ziehen und aufstehen.

Aber der Oberarzt hat schon vor drei Tagen mit mir gesprochen. Sehr freundlich und sehr weit entfernt.

Die Prognose für meinen Mann wäre schlecht. Wenig Hoffnung, dass er ohne Gerät wieder atmen könne. Noch weniger, dass er jemals wieder aus dem Koma aufwachen würde. Dazu kämen noch die diversen Vorerkrankungen. Ich habe in meiner Verwirrung nicht nachgefragt, welche er meinte.

Endlich wage ich es und lasse meinen Blick höher, bis an seine Schädeldecke wandern. Vor dem Bild fürchte ich mich am meisten. Sie haben ihn zur Hälfte kahlrasiert. In der befremdlich wirkenden Glatze steckt ein Schlauch. Sie haben ein Loch durch den Schädelknochen gebohrt. Zur Druckentlastung, wurde mir erklärt. Fleischfarbene

Flüssigkeit tröpfelt durch die Ableitung in ein Gefäß. Ich weigere mich, mir vorzustellen, was da genau aus ihm herausfließt. Das verbliebene Haar wirkt wie eine verrutschte Perücke.

Ein Krankenpfleger kommt in das Zimmer. Ich kenne ihn noch nicht. Er ist jung. Aber sie erscheinen mir hier alle sehr jung. Er lächelt mir routiniert in die Augen. Für sie hat alles so viel Normalität. Das tröstet mich im gleichen Maße, wie es mich abstößt.

Er geht neben dem Bett in die Hocke und gießt Urin von einem kleinen Auffangbehälter in einen großen Beutel. Die Menge trägt er in eine Tabelle ein.

»Keine Angst vor den vielen Schläuchen. Setzen Sie sich und reden Sie mit Ihrem Mann. Reden Sie einfach so, wie Sie immer mit ihm geredet haben.«

Er rückt mir einen Hocker neben das Bett. Ein letztes aufmunterndes Lächeln, und er eilt zum nächsten Bett.

Mit ihm reden. Wie zu Hause. Ihn berühren. Das erzählen sie mir seit einer Woche. Ich setze mich gehorsam auf den angebotenen Platz und schweige.

Eine Hand legt sich leicht auf meine Schulter. Ich zucke zusammen. Schwester Maike. Sie beugt sich zu mir hinunter. So nah, dass ich ihre Haut riechen kann.

»Haben Sie ein schönes Zimmer gefunden?«, fragt sie.

Ich nicke kaum merklich. Mag mich nicht bewegen. Ihre Nähe tut so gut.

Ich saß mit Sandra am Küchentisch. »Warum willst du so weit weg? Warum gleich in die USA?«

Dabei hörte ich meine eigene Scheinheiligkeit. Ich dachte: Wie schön, endlich Ruhe im Haus! Und schämte mich dafür. Sandra trug einen Seidenpyjama. Ein Bein angewinkelt und unter das andere geklemmt. So saß sie auf dem Stuhl und schmierte sich ein Brötchen.

»Weil Auslandserfahrungen hoch bewertet werden.« Sie sah mich dabei nicht an. Belegte ihr Brötchen weiter mit Tomaten und Käse. Ihre Stimme hatte den gleichen Klang wie Reinhards, wenn er mir eine Frage beantworten musste. Höflich, mit einem genervten Unterton.

»Das Autofahren hat Ihnen nichts ausgemacht?« Maikes Stimme ist noch immer dicht an meinem Ohr.

»Nein. Ich glaube nicht daran, dass Autoreifen regelmäßig platzen«, wehre ich leichthin ab. Dabei genieße ich ihre besorgte Nachfrage.

»Erzählen Sie Ihrem Mann doch von dem Zimmer«, schlägt sie leichthin vor. Sie streicht mir noch einmal zart über das Schulterblatt und lässt mich allein.

Ich muss hart schlucken, um nicht auf der Stelle loszuheulen. Schwester Maike hat meine Hilflosigkeit, Worte für ihn zu finden, erkannt. Ob ihre Kollegen ähnlich denken? Und wenn, hoffe ich, dass es alle auf die Ausnahmesituation schieben. Vielleicht beobachten sie mich längst? Du spinnst, Teresa. Steigere dich nicht in eine Hysterie.

Sie schenken dir nicht mehr Beachtung als allen anderen Angehörigen von Schwerkranken. Nur, zwischen Schwester Maike und mir, das ist etwas Besonderes.

Ich höre eine Zeit lang dem Singsang der Beatmungsmaschine zu. Wie immer wirkt die unerschütterliche Mechanik auf mich beruhigend. Ich betrachte ihn. Von dem Zimmer könnte ich wirklich erzählen. Dazu würde mir etwas einfallen. Schüchtern tastet sich meine Hand vor. Streicht über das Laken, verweilt. Bis ich mich weiterwage und seine Fingerspitzen berühre. Sie fühlen sich warm an. Ich räuspere mich. Welche Stimmlage ist angebracht? Wie laut spricht man mit einem Schlafenden?

»Ich weiß gar nicht, wie ich dich anreden soll. Sie sagen alle, ich soll mit dir reden. Wenn es dich langweilt, hör einfach nicht hin. Hier im Krankenhaus bekam ich keinen Schlaf. Alles war fremd und unruhig. Gestern habe ich mir ein Zimmer gesucht. Nicht weit von hier entfernt. In Horumersiel.«

Meine Stimme gewinnt langsam an Festigkeit.

»In Horumersiel habe ich damals meinen ersten Urlaub verbracht. Ich bin mit meiner Freundin gefahren. Elke. Wir waren beide 19 und so brav. Wir haben uns in einer Frühstückspension eingemietet. Nicht direkt in Horumersiel. In Minsen. Beim Deichgrafen haben wir den Mittagstisch abonniert. Wie die Alten. Unser Tagesablauf war immer der gleiche. Wir sind am Strand oder im Watt spazieren gegangen. Stundenlang. Um zehn lagen wir abends in unseren Betten. Zum Einschlafen haben wir eine Kassette gehört. Immer dieselbe. Elke hatte die Musik aufgenommen. Ich kenne noch immer die Reihenfolge der Lieder. Himbeereis zum Frühstück. Und es war Sommer, Tür an Tür mit Alice, und so weiter. Verrückt, nicht wahr? Meiner Mutter habe ich nichts erzählt. Sie hatte sich so über diese Reise gefreut und glaubte, ich würde endlich flügge. Dabei verlebten Rentner wohl aufregendere Urlaubstage als wir. Das hätte sie nie verstanden.«

Ein Piepton lässt mich verstummen. Er signalisiert eine Störung. Der junge Pfleger und ein Arzt kommen hereingestürmt und laufen, ohne zu zögern, zum Nachbarbett. Ihre Gesichter strahlen Konzentration aus. Trotz der Eile drängen sie den Mann mit erstaunlicher Behutsamkeit beiseite. Er ist alt. Der grüne Kittel wirkt an ihm unwürdig. Er sieht zu mir herüber. Ich starre hartnäckig das Bettlaken an. Nach einem unerträglich langen Augenblick verstummt der Ton. Ich spüre die Erleichterung im Raum. Falscher Alarm. Der Arzt streicht dem alten Mann über den Arm und lässt ihn wieder an das Bett.

»Mein Zimmer ist klein«, nehme ich im Flüsterton einen neuen Anlauf. »Toilette und Dusche auf dem Flur. Mir gefällt es. Ich kann dort endlich schlafen.«

Reinhard konnte nicht verstehen, dass mir die großen Räume in unserem Haus Angst machten. Ich konnte sie nie ausfüllen. Ihre Leere wirkte erdrückend. Er hat nur geantwortet, ich hätte doch eine Putzfrau.

»Meine Wirtin läuft nur barfuß. Und sie hat einen unglaublichen Sammeltick. Das muss man gesehen haben, sonst glaubt man es nicht. Vor allem Teddys. Ich habe noch nie so viele Teddys gesehen. Dabei passt Frau Heinrich gar nicht in diese Plüschwelt. Sie wirkt eher resolut. Sehr erdhaft. Und sehr direkt. Sie setzt sich einfach zu mir an den Frühstückstisch und mir gefällt es sogar.«

Mein Hals ist trocken. Ich habe das Gefühl, einen ganzen Roman erzählt zu haben. Ein Fenster zum Hinausschauen wäre gut. Einen Moment den Wolken hinterhersehen oder in einer Baumkrone verweilen. Aber auf der Intensivstation gibt es keine Fenster. Sie haben eine Klimaanlage. Man sieht nur die Geräte. Rote und grüne Blinksignale und die sich immer wiederholende Linie auf dem Monitor. Seinen Herzschlag. Weiße Betten. Weiße Vorhänge. Dazwischen ein bisschen Mensch.

Schwester Maike steht wieder neben mir. Ich habe sie nicht kommen hören.

»Ich muss Sie leider nach draußen schicken. Wir wollen bei Ihrem Mann den Tubus wechseln. Es wird nicht lange dauern.«

Sie sieht mich entschuldigend an, aber ich bin froh über diese Zwangspause. Bereitwillig stehe ich auf. Der alte Mann wird auch nach draußen geschickt. Für einen Augenblick habe ich freie Sicht auf das Nachbarbett. Eine Frau, sicher seine. Das Haar weiß. So ein richtig schönes Schneeweiß. Kurz geschnitten. Die Haut rosig und den Schnorchel in der Nase.

Auf dem Flur vor dem kleinen Stationszimmer riecht es nach Oregano und frisch gebackenem Käse. Das hat etwas Pietätloses. Unsinn, denke ich, sollen sie hier vor lauter Pietät verhungern?

Ich habe Durst, aber ich will nicht im Vorraum warten. Er wirkt wie ein Niemandsland. Stühle, ein paar hingeworfene Illustrierte und ein Wasserspender sollen ihn in ein Wartezimmer verwandeln. Doch es ist und bleibt die Schleuse von der Normalstation zur Intensivstation. Ständig werden die Türen aufgerissen. Ich erschrecke mich jedes Mal neu. Die Vorbeieilenden verbreiten Unruhe und eine Wichtigkeit, als ginge es um Leben und Tod. Wahrscheinlich geht es auch darum.

Das Krankenhauscafé ist noch freundlicher eingerichtet als die Eingangshalle. Prächtige Grünpflanzen und Möbel aus Rattan erinnern an einen großzügigen Wintergarten. Doch hier ist man Patient oder Angehöriger. Und man ist sprachlos. Das Krankenhaus scheint alle Worte zu schlucken, und ich bin froh, dass es nicht nur mir so geht. Ich bestelle mir ein Wasser. Da steht der alte Mann im Eingang. Er zögert. Sein akkurater Anzug passt nicht zu seinem müden Gesicht, der gebeugten Haltung. Er wirkt so hilflos und verloren. Warum wirken alte Männer auf mich rührend, während alte Frauen mich schnell ungeduldig machen?

Bevor ich anders entscheiden kann, winkt ihm meine Hand einladend zu. Er stutzt, erkennt mich und kommt an meinen Tisch. Die Andeutung einer Verbeugung, und er setzt sich. Im gleichen Augenblick bereue ich meine spontane Geste. Was soll ich mit ihm reden? Ich will mich entspannen, allein sein, nicht reden müssen. Nun ist es nicht mehr zu ändern. Wieder eine Situation, die ich eigentlich nicht wollte. Warum rausche ich da immer hinein?

Er hat sich einen Kaffee bestellt. Umständlich versenkt er zwei Zuckerwürfel, rührt lange und nimmt den ersten vorsichtigen Schluck. Er schmeckt ihm nicht. Das ist deutlich zu sehen. Sein Blick streift die Armbanduhr.

»Ich habe gleich ein Gespräch mit dem Oberarzt«, sagt er, ohne mich dabei anzusehen.

Er nimmt einen zweiten Schluck Kaffee. Dieses Mal verzieht er angewidert seinen Mund und schiebt die Tasse zur Seite.

»Ich werde ihn bitten, die Beatmungsmaschine bei meiner Frau abzustellen.«

Er erzählt das so ruhig, als plane er, für die nächsten Tage eine Aufwartefrau einzustellen. Ich versuche, nicht zu fassungslos zu starren.

»Ihre Frau ist erst gestern eingeliefert worden?«

Ohne dass ich es verhindern kann, liegt in meiner Stimme ein scharfer Vorwurf. Vielleicht überblickt er einfach die Situation nicht mehr.

»Ohne diese Maschine wird Ihre Frau wahrscheinlich sterben«, hole ich aus, um ihm die Tragweite seiner Entscheidung klarzumachen.

»Haben Sie Kinder, mit denen Sie reden könnten?«

Er sieht mich zum ersten Mal an. Seine Augen sind hellgrau und wach. Ich meine, ganz tief in ihnen ein Lächeln zu erkennen.

»Meine Frau ist bereits tot. Ist das nicht alles nur entwürdigend?«

Eine Hitzewelle durchläuft meinen Körper.

»Warum entwürdigend? Sie wird mit Sauerstoff versorgt, solange sie nicht selbst atmen kann. Geben Sie ihr doch eine Chance. Es gibt immer wieder medizinische Wunder.«

Meine Stimme ist laut und empört und erschreckt mich selbst.

Sei einfach still, Teresa. Warum regst du dich eigentlich so auf? Es ist seine Entscheidung. Seine Verantwortung.

Jetzt lächelt er. Wie mir scheint, ein wenig mitleidig.

»Seien Sie unbesorgt. Meine Frau hätte es so gewollt. Wir haben ein Patiententestament gemacht und uns ein Versprechen gegeben. Das gehe ich jetzt einlösen. Sie entschuldigen mich bitte.«

Mit diesen Worten steht er auf, rückt seinen Stuhl wieder an den Tisch und geht. In seiner Haltung ist nichts Hilfloses mehr zu erkennen.

Seine Selbstverständlichkeit macht mich wütend. Sein Lächeln noch mehr. Als wäre ich ein dummes Schulmädchen. Dabei fühle ich, dass ich hinter der Wut nur aus Neid bestehe. Ich könnte nicht sagen, was Reinhard gewollt hätte. Wir haben nie über den Tod gesprochen.

Ich trinke mein Wasser aus und gehe. Nicht zurück auf die Intensivstation. Nicht heute. Ich werde nach Horumersiel zurückfahren. Vielleicht einen Spaziergang an der frischen Herbstluft unternehmen. Vielleicht auch eine Entscheidung fällen. Ich kann sie nicht ewig hinauszögern. Sonst wird er mich vorher aufspüren. Dann wird es zu spät sein.

2

Ich schließe die Haustür auf und bin schon wieder müde. Schlafen, denke ich. Mich im Bett verkriechen und an nichts mehr denken müssen.

Die Wohnungstür steht offen. Ich höre Frau Heinrich telefonieren und bemühe mich, leise zu sein. Will nur in mein Zimmer huschen, ohne zu reden, ohne erklären zu müssen. Ich komme nicht umhin, ein paar Gesprächsfetzen mit anzuhören.

»Nein, tut mir leid. Ich habe zurzeit kein Zimmer frei«, höre ich ihre freundliche Stimme. »Alles belegt. Vielleicht ein anderes Mal. Gerne. Ich würde mich freuen. Tschüss.«

In der ersten Etage stehen die Türen noch immer angelehnt. Die Zimmer sind leer. Warum lügt Frau Heinrich? Hat sie einfach keine Lust auf Feriengäste? Warum hat sie dann mich aufgenommen? Ich schiebe die Gedanken beiseite. Ihre Entscheidung kommt mir entgegen. Es tut gut, dass ich den Flur für mich habe. Niemandem zu begegnen.

Ich setze mich an den schmalen Tisch und trinke meine mitgebrachte Apfelschorle. Blätter werden über die Deichkrone gewirbelt. Ich schaue ihnen nach. Vielleicht sollte ich Sandra schreiben. So ein Brief ist ein paar Tage unterwegs. Oder anrufen? Sie sollte endlich von dem

Unfall erfahren. Es wird sie belasten. Sie steckt mitten in den Prüfungen. Die letzten, wichtigen Prüfungen. Das hat Reinhard mir noch erzählt. Lüge, Teresa, du bist nicht besorgt. Du hast Angst. Angst vor ihren vielen Fragen. Sandra kann so anstrengend sein.

Ich schiebe das Schreibzeug beiseite und lege mich angezogen auf mein Bett. Ich muss zur Ruhe kommen. Dieses Zimmer ist ein guter Anfang. Aber es ist keine Lösung. Ich kann mein Leben nicht zwischen diesem Zimmer und Krankenbesuchen einrichten. Ich brauche jemanden zum Reden. Mit wem könnte ich reden? Wirklich reden. Ich denke an Maike und schlafe ein.

Sandra. Wir sind in einem Schwimmbad. Ein sehr großes mit einer Riesenrutsche. Sandra ist noch klein. Vielleicht sechs Jahre alt. Sie steht unschlüssig vor der Rutsche. Sehnsüchtige Blicke, aber sie hat Angst. Ich auch. Ich hasse Wendeltreppen. Ihre engen Kurven. Die vielen Lücken. Immer die Höhe vor Augen. Den Augenblick, wenn man oben steht und sich loslassen muss, um in die Bahn zu gleiten. Hinter einem schon der ungeduldige Atem des Nächsten. Am Ende wartet das Wasser. Unausweichlich das Eintauchen. Immer anders. Sandra möchte so gern rutschen. Ich nehme sie an die Hand. Gemeinsam steige ich mit ihr Stufe für Stufe hoch. Nur nicht nach unten sehen. Nicht zur Seite. Nur nach oben. Stufe für Stufe. Immer weiter. Oben angekommen, klemme ich Sandra zwischen meine Beine. Sie schmiegt ihren schmächtigen Körper an meinen Bauch. »Mit dir habe ich vor nichts Angst, Mama.« Ihr grenzenloses Vertrauen macht mich glücklich. Wir sausen los, lassen die Geschwindigkeit ungebremst zu. Keine

Angst vor dem Ende. Keine Angst vor dem Aufprall. Der kommt hart und plötzlich und zerreißt mich.

Ich schrecke hoch. Starre gegen die vertäfelte Decke. Der Fußboden bebt nach. Ich realisiere mühsam, die Haustür muss mit Wucht zugeworfen worden sein. Gerade in diesem Augenblick. Ein Wagen wird gestartet. Heftig, wie von jemandem, dem es nicht schnell genug geht. Der auf der Flucht ist. Dann ist es wieder still.

Ich liege da und wische mir über das Gesicht. Tränen. Ich habe im Traum geweint. Sehnsucht nach meinem Mädchen. Nach unserer gemeinsamen Vergangenheit. Nach der Leichtigkeit der ersten Jahre. Was ist falsch gelaufen zwischen uns? Wann hat sie angefangen, nur noch Reinhard Fragen zu stellen? Warum habe ich mich unsichtbar gemacht? Die Gedanken sind unerträglich. Träume, denke ich und stehe entschlossen auf.

Ich ziehe die Haustür zu und stolpere fast über Frau Heinrich. Sie hockt vor einem Blumenkübel. In einem giftgrünen Anorak und leuchtend roten Holzschuhen. Ich bin sicher, wie immer barfuß. Sie kümmert sich nicht um mich. Buddelt schwer atmend eine Margeritenstaude aus. Sie trägt keine Handschuhe. Das passt zu ihr. Aber nicht die heftigen, ungeduldigen Bewegungen.

»Schade, die Margeriten haben mir so gut gefallen«, rutscht mir heraus. Sie antwortet nicht. Wühlt nur noch verbissener in der Erde und verteilt sie rund um sich herum auf den weißen Steinen.

»Sie blühen noch so prächtig«, schicke ich hinterher. Ihr Benehmen verunsichert mich. Wenigstens eine Antwort könnte sie mir geben.

»Mag sein«, knurrt sie endlich gereizt. »Aber sie sind lange über ihrer Zeit.«

Ich bleibe immer noch stehen. Schaukele von einem Bein zum anderen. Dabei sollte ich weitergehen. Frau Heinrich ist verärgert. Meine Botschaft, die Margeriten zu schonen, kann es nicht gewesen sein. Mir fällt der aufgeschnappte Gesprächsfetzen ein. Ärgert sie sich, dass sie mir ein Zimmer vermietet hat, und versucht, mich wieder aus dem Haus zu ekeln?

Ich bin schon im Gehen, als Frau Heinrich die Staude achtlos fallen lässt, aufsteht und sich mit ihrer erdverklebten Hand über das Gesicht fährt. Ich muss lächeln. Sie erwidert es nicht.

»Um ehrlich zu sein, es ist mir egal, ob die Margeriten über der Zeit sind oder nicht. Völlig egal, das können Sie mir glauben.«

Sie hockt sich wie ein kleines Mädchen auf eine Stufe der Außentreppe. »Ich wollte nur in Erde wühlen. Das ist alles. Zum Fensterabseifen ist es zu spät. Es wird gleich dunkel.«

Ich ziehe fragend eine Augenbraue hoch. Ich spüre die Bewegung deutlich, kann sie aber nicht verhindern. Dabei weiß ich, dass ich damit arrogant wirke. Sandra hat mir das oft vorgeworfen. Später meinte sie nur noch lakonisch: Jetzt weißt du wieder nicht weiter. Lass das mit der Augenbraue.

Frau Heinrich verschränkt ihre Arme vor ihrem Busen. Seine Konturen zeichnen sich selbst in der legeren Jacke ab.

»Nun schauen Sie mich nicht an, als hörten Sie das zum ersten Mal. In Erde wühlen oder Fenster abseifen beruhigt. Ganz wunderbar, wenn die Scheibe eingeseift ist und sich die vielen Bläschen bilden. Eine nach der anderen wieder zerplatzt. Diese kreisenden Bewegungen …«

Sie winkt resigniert ab und schweigt.

»Mich beruhigt Backen oder aufwendiges Kochen«, gebe ich hastig zu, und sie lächelt.

»Dann wären wir ein gutes Gespann. Die eine putzt, und die andere kocht.«

Sie umschlingt ihre Knie und fragt, ohne mich anzusehen:

»Haben Sie Kinder?«

»Ja, eine Tochter.«

»Ich habe eine Tochter und einen Sohn und von meiner Tochter schon eine Enkeltochter.«

Ihre Stimme wird wieder lebendiger, ihr Gesicht weicher. »Meine Enkeltochter ist oft hier. Gestern erst. Haben Sie sie gesehen?«

»Nein, nur gehört.«

»Ja, sie ist sehr lebhaft«, lächelt meine Wirtin stolz. Dann verfinstert sich ihre Miene wieder.

»Aber zurzeit kann ich die Kleine nicht nehmen. Meine Tochter versteht das nicht. Sie ist wütend und versucht, mich eifersüchtig zu machen. Fragt plötzlich nach ihrem Vater. Dabei hat sie sich noch nie für ihn interessiert.«

Frau Heinrich sieht ein paar kreischenden Möwen hinterher.

»Ich habe meiner Tochter den Haustürschlüssel abgenommen. Das wertet sie als Liebesentzug. Mit 30 sollte man erwachsener sein.« Sie steht auf und beginnt, die Blumenerde zusammenzufegen.

Was ist daran verwunderlich, wenn eine Tochter sich für ihren Vater interessiert? Wo ist Herr Heinrich überhaupt? Ich habe ihn noch nicht gesehen. Sind sie geschieden? Und Haustürschlüssel wegnehmen ist schon eine einschneidende Maßnahme, denke ich. Betrachte das aufgewühlte Gesicht von Frau Heinrich und schweige lieber.

»Sie bekommt ihn wieder«, erklärt sie unaufgefordert. »Zurzeit möchte ich es einfach nicht. Das muss man doch akzeptieren können, oder?«

Sie schüttet die Erde in den Kübel zurück und drückt sie energisch an die Margerite.

»Sie hat wirklich noch sehr viele Blüten. Manchmal schaut man einfach nicht genau hin.«

Sie dreht sich zu mir herum und fragt: »Haben Sie Lust auf einen Tee oder einen Sekt?«

Das Angebot weckt Erinnerungen. Sekt am Nachmittag. In meinen ersten Ehejahren hatte ich eine Freundin. Eine richtige. Mit der habe ich manchmal Sekt am Nachmittag getrunken. Elsbeth. Ich nannte sie Els. Sie hatte einen Sohn in Sandras Alter. Die Kinder spielten, und wir saßen zusammen und redeten, lachten und tranken Sekt. Wir redeten mit wunderbarer Leichtigkeit. Keine großen Worte. Da war vieles einfacher. Dann ist Els in eine andere Stadt gezogen. Seitdem habe ich nie wieder eine Frau getroffen, mit der ich am Nachmittag Sekt trinken konnte.

»Danke, vielleicht später. Ich will erst spazieren gehen und etwas essen«, antworte ich hölzern. Warum benehme ich mich so linkisch, wenn ich einen Menschen sympathisch finde?

Chance vertan, denke ich, als ich Frau Heinrichs Gesicht sehe. Es wirkt wie erloschen. Aber ich kann schlecht sagen, ach, ich möchte doch. Lassen Sie uns ein Glas zusammen trinken. Ich bin auch so allein. Das geht einfach nicht.

Warum eigentlich nicht, denke ich und gehe schon die Deichstraße entlang in den Ort hinein.

An wen erinnert mich diese Frau vom ersten Augenblick an? Diese direkte Art. Ihre eigenwillige Garderobe. Wahrscheinlich eine völlig falsche Spur. Es ist nachgewiesen, dass Silhouette, Gestik oder Geruch das Erinnerungsvermögen erheblich verwirren können. Und um mich zu verwirren, braucht es zurzeit nicht viel.

Es beginnt zu nieseln. Die feine Feuchtigkeit legt sich auf Gesicht, Haar und Kleidung. Sie tut gut. Doch nicht lange, und ich empfinde sie als unangenehm. Ich habe keine Regenjacke dabei. Nicht einmal im Gepäck. Das habe ich viel zu hektisch, mit wirren Gedanken gepackt.

Ich gehe zügiger und bin schnell mitten im Ort. Der Regen wird immer stärker, und ich verwerfe den Plan, einen ausgedehnten Spaziergang zu machen.

Ich suche nach einem Restaurant und sehe den Buchladen. Er heißt sinnigerweise Bücherinsel. Ich gehe hinein. Weil ich ins Trockene will und weil ich Buchläden liebe. Es sind nur wenige Kunden im Laden. Die Stille ist angenehm. Eine Frau lächelt mir grüßend entgegen. Sie lässt mich ohne Nachfrage um Tische und Regale streichen. Einfach nur die Gegenwart der vielen Geschichten spüren.

Ich hatte nicht vor, ein Buch zu kaufen und kaufe eins. Dabei bin ich zum Lesen viel zu unruhig. Aber mir gefällt der Einband und ich möchte über einen Buchrücken streichen. Später, wenn ich allein in meinem Zimmer bin.

Als ich wieder nach draußen gehe, hat der Regen aufgehört. Der Wind hat aufgefrischt. Blätter wirbeln über die Straße. Fahnenmasten summen. Der November beginnt sich durchzusetzen.

Ich betrachte den Ort bei Dunkelheit und versuche, mich zu erinnern. Etwas wiederzuerkennen aus der Zeit, als ich mit Elke hier langgegangen bin. Im Sommer. Zurück von langen Spaziergängen auf dem Weg zum Parkplatz. Nie ohne ein Paket mit Kuchen. Den haben wir im Bett gegessen. Damals war es leicht, glücklich zu sein. Mit der ganzen Hoffnung auf Zukunft. Schade, dass meine Mutter mir nicht ausreichend Zeit gelassen hat. Meine Mutter. Sie war einfach nur anders als ich. Das hat uns beide verwirrt.

Sie war eine unglaublich lebenslustige Frau. Sie konnte feiern, Schnaps trinken und auf Tischen tanzen. Als junges Mädchen hat mich ihre Anziehungskraft auf Menschen, vor allem auf Männer, abgestoßen. Ich habe versucht, anders zu sein, habe mein Haar viel zu kurz getragen, mich unweiblich gekleidet, und ich hatte keine Verabredungen. Mein Mauerblümchendasein hat sie wütend gemacht. Ihre Wut hat mir gefallen. Ich fühlte mich wie eine Nonne, die die Sünden ihrer Mutter verbüßt.

Beim Kurmittelhaus drehe ich um. Es ist zu dunkel für den Strand, und ich habe Hunger. Es haben nicht mehr alle Restaurants geöffnet. Der Ansturm der Badegäste ist vorüber, und der Ort erholt sich im Winterschlaf.

»Altes Zollhaus« lese ich, und hinter den Scheiben brennt Licht. Gäste sitzen vor Gläsern und Tellern. Die Atmosphäre wirkt einladend und erinnert an einen großzügig angelegten Wintergarten. Ich überlege nicht lange und gehe hinein.

Im Eingangsbereich bleibe ich wie angenagelt stehen. Alle Tische sind besetzt. Wo soll ich mich hinsetzen? Wie eine Welle überrollt mich aufkommende Schüchternheit. Wie lange ist es her, dass ich allein am Abend essen gegangen bin? Überhaupt allein essen gegangen bin? Auf jeden Fall zu lange. Ich erwäge, mich einfach umzudrehen und zu gehen. Raus aus dem Rampenlicht. Eigentlich habe ich nur Appetit, keinen großen Hunger. Im Auto liegen noch Müsliriegel. Vielleicht hat Frau Heinrich auch eine Kleinigkeit? Hat sie bestimmt. Los, beweg dich, Teresa. Du kannst hier keine Wurzeln schlagen. Sonst starren dich gleich alle an. Ich zwinge mich, genauer hinzusehen. Das verschwommene Bild wird klarer. Niemand scheint sich um mich zu kümmern. Einige Tische sind sogar noch frei.

Erleichtert steuere ich auf einen zu. Bevor ich mich setze, lächle ich grundlos in die Runde. An einem sympathischen Männergesicht bleibe ich hängen. Viel zu lange.

Bis ich das begriffen habe, hat er längst zurückgelächelt. Ich spüre die Hitze in meinem Gesicht und sehe in eine andere Richtung. Mit fahrigen Bewegungen ziehe ich meinen Mantel aus und bemühe mich, ihn lässig über einen Stuhl zu legen. Er rutscht zweimal auf den Boden, bis es mir gelingt.

Wohin jetzt mit meinen Augen? Wohin mit meinen Händen? Ich beneide Raucher um ihr Ritual und erinnere mich an mein Buch. Wie eine Waffe lege ich es auf den Tisch. Ich bestelle ein großes Pils und verkrieche mich hinter der Speisekarte. Dabei fühle ich mich von dem Mann beobachtet. Er scheint kauzig zu sein. Jedenfalls redet er mit seinem Hund.

»Na, mein Alter. Ich glaube, die Frauen haben uns vergessen.«

Oder ist das seine Art der Anmache? Wenn er mich nun anspricht? Die Vorstellung beunruhigt mich. Wie soll ich reagieren? Ich werde ihm meinen Ehering präsentieren. Ich bin eine verheiratete Frau.

Ja, das bin ich, denke ich bitter. Ob glücklich oder nicht. Aber verheiratet. Über 28 Jahre.

Als ich Reinhard kennen lernte, hat er sich nicht für mich, sondern für Elke interessiert. Aber Elke schleppte mich meistens zu ihren Verabredungen mit, und ich gab mir Mühe, eine gute Gesellschafterin zu sein. Ich konnte schon immer gut zuhören, viel besser als Elke. Und Reinhard liebte es, wenn man seinen Worten lauschte, ihm an den Lippen hing. Auch aus diesem Grund hat er sich für mich entschieden. Elke hat es nicht gestört, und ich war geschmeichelt und verliebt. Reinhard hatte eine weltmännische Art und führte mich aus. Unser Zusammensein erinnerte mich an Liebesszenen aus alten Schwarz-Weiß-Filmen. Der Held und die Heldin. Das Muster gefiel mir. Es hatte etwas Vorhersehbares und Sauberes. Für mich war es selbstverständlich, ›Ja‹ zu sagen, als Reinhard mir einen Antrag machte. Meine Mutter war natürlich entsetzt, dass ich gleich den ersten Mann heiraten wollte. Sie sagte, lass dir Zeit. So wie sie vorher ständig gesagt hatte, geh doch mal aus. Lern Männer kennen. Amüsier dich.

Ich antwortete: Warum soll ich weitersuchen? Er ist der Richtige. Woher willst du das denn wissen, fragte sie. Ist er so gut im Bett? Die Frage machte mich wütend. Ich redete nicht mehr mit ihr und bereitete mich auf mein Leben mit Reinhard vor. Sie ließ mich.

Der Mann steht wirklich auf und kommt auf mich zu. Ich halte den Atem an. Ist das hier so üblich, oder wirke ich so vereinsamt, dass er bei mir keine Hemmungen hat? Ich werde ihm sagen, dass ich nicht an einem Gespräch interessiert bin. Und schon gar nicht an mehr.

»Entschuldigen Sie«, höre ich ihn sagen. Nein, ich werde nicht entschuldigen. Sollte er sich ein anderes Objekt zum Flirten suchen. Ich sehe ihn streng an.

Er lächelt. Sein Lächeln wirkt amüsiert. Worüber amüsiert er sich? Dass ich allein sein will? Meine Ehre verteidige?

»Ihre Papiere sind Ihnen aus der Manteltasche gefallen. Ich glaube, Sie haben es nicht bemerkt.«

Mit diesen Worten bückt er sich und hebt meine Brieftasche mit Führerschein und Ausweis vom Boden auf.

Ich starre ihn an. Versuche zu denken. Als ich endlich »Oh, vielen Dank« stammele, ist er schon wieder an seinem Tisch. Dort begrüßen ihn eine Frau in seinem Alter und ein junges Mädchen.

»Das wird aber Zeit. Ich dachte, ihr habt uns vergessen«, strahlt er und gibt beiden einen Kuss. Ich versuche, nicht mehr in die Richtung zu sehen. Es ist so beschämend. Ich habe anscheinend all meine weiblichen Instinkte verloren. Falls ich die überhaupt jemals besessen habe. Mein Pils wird serviert.

Ich halte mich an dem Glas fest, trinke die ersten Schlucke und wünschte, ich könnte diese Szene einer Freundin erzählen und mit ihr darüber lachen.

3

Im Treppenhaus riecht es nach Seifenlauge. Der Fernsehapparat läuft. Ich steige die ersten Stufen hoch, bleibe stehen und warte.

Als die Wohnungstür unsanft aufgestoßen wird, weiß ich, worauf. Die Einladung von heute Nachmittag. Ich würde gerne darauf zurückkommen. Aber Frau Heinrich hat noch immer nicht Feierabend gemacht. Sie bugsiert mühsam eine schwere Kiste mit Vasen vor sich her.

Als sie mich entdeckt, stellt sie die Kiste ab und keucht: »Ein kleiner Teil meiner Sammlung.« Sie streckt sich, immer noch außer Atem, und lehnt sich in den Türrahmen.

»Vasen kann man immer gebrauchen, habe ich gedacht. Aber glauben Sie mir: Sie können noch so viele davon haben, die richtige Größe fehlt.« Sie umfasst ihre Hüften und bewegt sie in kleinen, kreisenden Bewegungen. Ohne es zu wollen, starre ich fasziniert auf ihren Unterleib. Sie fängt meinen Blick auf und meint: »Bauchtanz. Ist unglaublich gut für den Rücken.«

Sie schaut wieder zu mir nach oben: »Es reicht für heute. Haben Sie Lust auf einen Schlaftrunk?«

Obwohl ich genau auf diese Einladung gewartet habe, bleibe ich unentschlossen auf der Treppe stehen. Manchmal könnte ich dir in den Hintern treten, höre ich die ärgerliche Stimme meiner Mutter und frage schnell: »Haben Sie vielleicht auch ein Bier?«

Frau Heinrich nickt und grinst anerkennend: »Ich hätte Sie nie als Biertrinkerin eingestuft. Ist so ein Hobby von mir, die Menschen nach Trinkgewohnheiten einzuschätzen. Also, Sie lagen im Bereich Rotwein, manchmal Sekt, Cocktails nicht abgeneigt.«

Ich folge ihr in die Wohnung. Der Fernsehapparat läuft in dem kleinen Esszimmer. In einem wuchtigen Ledersessel sitzt ein Mann. Es gibt also einen Herrn Heinrich. Ich bleibe stehen und rufe »Guten Abend« in das Zimmer.

Er antwortet nicht. Ich zögere, da zieht mich Frau Heinrich energisch am Arm mit sich fort.

»Lassen Sie ihn in Ruhe. Er schläft. Wir gehen ins Wohnzimmer!« Ihre Stimme hat wieder den ärgerlichen Klang vom Nachmittag, und ich gehorche verwirrt. Ihr Mann gehört anscheinend auch zu der humorlosen Sorte.

Sie hat zwei Flaschen Bier aus der Küche geholt und stellt sie auf den Couchtisch. Die Stoffbären wirft sie achtlos vom Sofa in eine Zimmerecke und winkt mir zu, mich zu setzen.

»Sie trinken ja auch Bier«, stelle ich fest und setze mich neben sie.

»Klar«, antwortet sie gelassen.

»Am Nachmittag wollten Sie mich zum Sekt einladen.«

»Stimmt, weil es sich eleganter anhört. Oder fänden Sie es passend, am Nachmittag von einer Frau zum Bier eingeladen zu werden?«

»Warum eigentlich nicht? Es hat auf jeden Fall weniger Alkohol.«

Wir müssen beide lachen. Es klingt noch gezwungen. Aber ich bin froh, mit ihr einen Anfang gefunden zu haben. Frau Heinrich schenkt für uns beide das Bier ein und ich sehe ihr dabei zu.

»Kennen Sie Feng-Shui?«, fragt sie mich übergangslos.

»Dem Namen nach«, antworte ich irritiert.

»Total interessant. Zum Beispiel soll man alle Gegenstände, die man länger als drei Jahre nicht gebraucht oder wenigstens einmal gesucht hat, aus dem Haus schaffen. Sie blockieren die positive Energie.«

Sie reicht mir mein Glas und trinkt selbst ein paar kräftige Schlucke von ihrem Bier.

»Ich bin gespannt, wie es hinterher hier aussehen wird und was passiert.«

Ich sehe sie ratlos an: »Glauben Sie wirklich, dass Gegenstände etwas bewirken können? Ich meine, mehr als eine äußerliche Veränderung?« Sie sieht mich ehrlich erstaunt an.

»Natürlich. Sehen Sie sich doch einmal hier um! Meine Wohnung macht unruhig, und gleichzeitig lähmt sie.«

Ich nicke unwillkürlich. Natürlich ist das hier ein überfüllter Geschenkartikelladen und keine Wohnung, in der ich mich entspannen könnte. Aber Frau Heinrich muss es doch bis vor Kurzem sehr gefallen haben.

»Warum haben Sie überhaupt so viel gesammelt?«, frage ich aus meinen Gedanken heraus.

»Warum sammelt man? Haben Sie nie gesammelt?«

Das klingt so selbstverständlich, dass ich gerne eine Sammelleidenschaft präsentiert hätte. Schon des netten Beisammenseins wegen. Aber mir fällt auf die Schnelle nichts ein.

»Nein, eigentlich nicht.«

Frau Heinrich schüttelt erstaunt den Kopf und betrachtet mich wie eine seltene Spezies.

»Nie gesammelt? Unglaublich. Ich habe immer gesammelt. Schon als junges Mädchen. Zuckerwürfel, Servietten aus jedem Cafe oder Bierdeckel. Als Erinnerung an ein Treffen, einen besonderen Augenblick. Oder Schmuggelzettel, Briefe, Ansichtskarten. Und ich habe meine Schätze gegen meine Mutter verteidigt.« Frau Heinrich lächelt in der Erinnerung.

»Meinen ersten Teddy«, sie zögert und wird ernster, »meinen ersten Teddy habe ich von Gerold kurz nach der Hochzeit geschenkt bekommen.«

Sie stockt noch einmal.

»Jedenfalls kann sich meine Verwandtschaft nicht beklagen. Sie wussten immer, was sie mir zum Geburtstag schenken konnten.«

Sie lacht. Es hört sich nicht froh an.

»Mein größter Alptraum war immer ein Hausbrand. Ich dachte, diese armen Menschen stehen nach einem Brand nackt da. Völlig nackt, ohne Vergangenheit.«

Ich antworte nicht, und sie fixiert mich mit ihren Augen. Ich bemerke zum ersten Mal, von welch intensivem Grün sie sind.

»Was würden Sie mitnehmen, wenn Sie Ihr Haus verlassen müssten? Ich meine, in großer Eile und für immer?«

Meine Lider flattern unter ihrem eindringlichen Blick. Sie stellt so direkte Fragen.

Was habe ich mitgenommen? Ich war in großer Eile und sehr aufgebracht. Ich denke an meine Reisetasche. Bislang habe ich nichts vermisst, was ich nicht hätte kaufen können.

»Ich denke, meine Papiere. Es ist so mühselig, neue zu beantragen.«

»Schlaue Entscheidung«, sagt sie und mustert mich noch einmal mit ihrem prüfenden Blick. »Übrigens, wir sind hier oben nicht so steif. Wollen wir uns nicht duzen? Ich heiße Tomke.«

Ich muss lachen. Meine Wirtin wirkt alles andere als steif. Steif wäre Reinhard, wenn er hier im Wohnzimmer sitzen müsste.

Er hätte meine Biere gezählt und sich daran gestoßen, dass Herr Heinrich nebenan vor dem Fernseher schläft und seine Gattin vertraulich wird.

Reinhard. Ich bin froh, dass sie mich nicht nach ihm ausfragt. Anders als die meisten Menschen ist sie offenbar nicht begierig auf Krankenhausgeschichten. Sie behandelt mich, als wäre ich allein unterwegs. Und das bin ich letztendlich ja auch.

»Gerne«, antworte ich herzlich. »Ich heiße Teresa.«

Wir prosten uns zu.

»Wo hast du heute Abend gegessen?«, fragt sie mich, und der Übergang zum ›Du‹ macht mir Herzklopfen. Aber es gefällt mir.

»Im alten Zollhaus.«

»Und? Lecker?«

»Ja, das Essen schon. Ich hätte nur nicht geglaubt, dass es ein Problem für mich ist, allein essen zu gehen. Ich habe es halt nie ausprobiert.«

Ich lächle Tomke an und bin ein wenig stolz darauf, so locker darüber reden zu können. Sie erwidert es nicht. Im Gegenteil, ihr Gesicht spiegelt plötzlich kalte Ablehnung. Ich schweige eingeschüchtert. Dabei war ich drauf und dran, die ganze Szene zum Besten zu geben. Warum sieht sie so finster aus? Was habe ich Schlimmes gesagt?

Die unsichtbare Mauer zwischen uns macht mich unruhig. Das Gefühl ist nicht neu für mich. Reinhard hat es mir oft gegeben. Einfach nicht mehr geantwortet, und hinterher wusste ich oft nicht mehr den Anfang unserer Auseinandersetzung und war unsicher, wer von uns beiden im Recht war. Meistens habe ich mich entschuldigt, obwohl ich selten wusste, wofür. Nur um das elende Schweigen zu beenden. Die Erinnerung macht mich wütend. Warum habe ich mir das so lange bieten lassen? Warum muss man für manche Einsichten so alt werden?

Ich sehe Tomke kampflustig an.

»Okay, ich habe ein Problem, allein essen zu gehen. Und ich habe gewagt, es auszusprechen. Was verärgert dich daran?«

Ich höre meine Worte und erschrecke vor meiner eigenen Courage. Tomke sieht mich befremdet an. Ich bete, dass sie nicht sagt, warum sollte ich mich geärgert haben? Was bildest du dir ein? Mein Herz schlägt wie ein Maschinengewehr, da antwortet sie endlich:

»Ich hasse Frauen, die damit kokettieren, nicht allein ausgehen zu können. Diese Frauen können keine Flasche allein öffnen, geschweige denn einen Nagel in die Wand hauen. Aber diese Frauen bekommen irgendwie immer alles. Sie haben zu Hause ein Musterexemplar von Ehemann. Der geht mit ihnen natürlich regelmäßig aus. Kultur mit Theaterabonnement. Anschließend Essen beim Lieblingsitaliener.«

Sie sieht mich wie erwachend an und fügt sanfter hinzu: »Tut mir leid. Das klingt ziemlich gehässig. Du hast da etwas abbekommen, was …«, sie sucht nach Worten, »es war einfach an die falsche Adresse. Schick es am besten ›Adressat unbekannt‹ wieder zu mir zurück. Aber das hast du ja schon.« Sie lächelt wieder ihr schiefes Lächeln.

Ich spüre, wie ich rot werde vor Erleichterung. Sie hat mich nicht im Regen stehen lassen. Ich habe ihr schon verziehen.

»Schon okay«, murmele ich und trinke mein Glas leer.

»Für mich war es immer normal, allein auszugehen. Allein«, wiederholt sie und ihr »allein« klingt so rührend, dass ich versucht bin, sie zu umarmen.

»Ich hole uns noch ein Bier«, sagt sie und steht auf.

Im Gehen meint sie: »Ich war auf Frauen wie dich immer neidisch.«

Ich denke an Reinhard und antworte: »Auf mich brauchst du nicht neidisch zu sein.«

Es ist noch dunkel. Ich taste nach dem Schalter der Nachttischlampe. Blinzele, bis ich die Ziffern meiner Armbanduhr erkennen kann. Kurz vor sieben. Am liebsten würde ich mich auf die andere Seite drehen. Noch ist mein Körper träge, und ich hätte keine Mühe, in den nächsten Schlaf zu kommen. Aber der kann am Morgen trügerisch sein. Meist bringt er wirre Träume. Besonders, wenn meine Gedanken so unklar sind wie im Augenblick. Danach wache ich nassgeschwitzt auf und brauche unendlich viel Zeit, mich zurechtzufinden.

Nein, denke ich und schlage entschlossen die Bettdecke zur Seite. Kaffee wäre gut und noch einen Augenblick für mich. Tomke hat mir gestern angeboten, ich könne am Morgen einfach nach unten gehen und die Kaffeemaschine anstellen.

Auf halber Treppe wird mir bewusst, dass ich nur meinen Schlafanzug anhabe und es auch einen Herrn Heinrich gibt. Ich laufe zurück und hole mir meinen Bademantel.

In der Wohnung unten ist es dunkel und still. Ich schalte kein Licht an. Warte, bis sich meine Augen gewöhnt haben und ich Umrisse erkennen kann. Wo war die Küche? Gleich die zweite Tür links. Die Wohnzimmertür geradeaus. Sie steht offen. Ich spüre einen kühlen Luftzug und gehe ihm nach. Die Schiebetür zur Terrasse ist weit geöffnet. Auch wenn dieser November ungewöhnlich mild ist: Die Zeit der offenen Türen und Fenster ist längst vorbei.

Da sehe ich ihren Schatten. Tomke in einem langen, weißen Nachthemd in der kühlen Morgenluft. Der Mond steht noch prall am Himmel. Vor ihm wehen zarte Wolken wie aus schwarzem Tüll. Das Bild erinnert mich an Geschichten über Feen und Hexen aus meiner Kindheit.

»Tomke!«, flüstere ich so vorsichtig, als könnte sie durch laute Ansprache wie die Nacht dem Morgen entweichen.

Sie zuckt zusammen, als hätte ich geschrien.

»Tut mir leid. Ich wollte dich nicht erschrecken«, entschuldige ich mich.

»Schon gut«, murmelt Tomke und kommt ins Wohnzimmer zurück.

»Ich stelle gleich einen Kaffee an«, sagt sie mechanisch.

»Wunderbar, aber ich würde auch allein …«

Sie winkt müde ab.

»Ist dein Mann schon zur Arbeit?«, frage ich, weil ich etwas sagen will und weil ich mich ohne Herrn Heinrich im Haus wohler fühle. Ohne dafür einen Grund nennen zu können. Tomke zieht die Terrassentür so heftig zu, dass sie bedenklich in ihre Verankerung kracht. Dieses Mal schrecke ich zusammen.

»Was ist so interessant an meinem Mann?«, faucht sie mich wütend an und rauscht an mir vorbei Richtung Küche. Ich sehe ihr verwirrt hinterher. Woher kommt diese Ladung Wut, wenn ich eine harmlose Frage nach ihrem Mann stelle? Eine Wut, die sie hemmungslos auslebt. So eine Frau habe ich noch nie kennen gelernt. Oder doch? In diesem Augenblick wird mir schlagartig klar, an wen sie mich erinnert hat: An meine Mutter. Der Gedanke lässt mein Gesicht brennen und jagt mir eine Flut von Erinnerungen durch den Kopf.

Meine Mutter konnte wie eine sanfte Sommerbrise sein und im nächsten Augenblick ein lebensgefährlicher

Hurrikan. Sie war unberechenbar. Das fand ich am anstrengendsten. Und immer ungeduldig. Ich war ihr zu langsam. Egal wie schnell ich war, ich war zu langsam für meine Mutter. Wenn wir zusammen in der Küche etwas vorbereiteten, waren ihre Hände immer schneller. Sie warteten nicht auf meine, sondern entrissen ihnen die Arbeit. Das hat mich noch langsamer gemacht.

Tomke steht wieder neben mir: »Nun komm schon«, raunt sie versöhnlich. »Du erlebst nicht gerade meine beste Zeit. Tut mir leid. Ich bin sonst nicht so.«

Ich starre sie an, als sähe ich sie zum ersten Mal. Ihr Nachthemd ist aus Baumwolle und altmodisch geschnitten. Verspielte Rüschen mit einem Ausschnitt aus gestickten Rosen geben ihm einen mädchenhaften Charme und stehen im Widerspruch zu ihrer sinnlichen Ausstrahlung.

»Nun mach es mir nicht so schwer, mich zu entschuldigen«, sagt sie und hakt sich bei mir unter. Ich spüre ihren warmen Körper.

Meine Mutter war auf der Tanzfläche. Ich drückte mich an den Rand. Suchte einen weit entfernten Tisch. Am liebsten wäre ich nach Hause gegangen. Sie tanzte so wild. Allein, wie so oft. Männer, die ihrem Temperament nicht gewachsen waren, ließ sie einfach auf der Tanzfläche stehen. Es war mir peinlich, ihre wiegenden Hüften zu sehen. Ihre ungenierte Hingabe an die Musik.

Da traf mich ihr Blick. Bevor ich weglaufen konnte, war sie neben mir. Ihr Körper war vom Tanzen erhitzt. Ihre Hände waren heiß, und sie umspannten meine kalten. Komm, lachte sie. Mädchen, nun komm! Wir tanzten zusammen. Ich machte mich steif. Spürte, dass uns alle beobachteten. Sie umfasste mich und zog mich fest an sich heran. Ach Mädchen, mach es dir doch nicht so schwer. Als sie das sagte, waren ihre Augen liebevoll. Warum habe ich das nicht gesehen? Oder spielt mir die Erinnerung einen Streich?

Ich sehe in Tomkes Augen. Sie sehen mich sanft an. Ich lasse mich von ihr mitziehen.

In der Küche steht nur ein schmaler Tisch mit zwei Stühlen unter dem Fenster. Eine Lichterkette aus Plastikkürbissen ist die einzige Lichtquelle und taucht das Zimmer in ein sanftes Orange. Die Kaffeemaschine drückt brodelnd das heiße Wasser durch den Filter. Auf einem Stövchen zieht der Tee für Tomke.

Wir setzen uns und sehen schweigend nach draußen. Die Morgensonne wirft zartrosa Verfärbungen gegen den Himmel. Es wird Tag. Im Nachbarhaus verabschiedet sich ein junger Mann. Ein Mädchen winkt ihm lange hinterher.

»Durftest du deinen Freund mit nach Hause bringen?«, fragt Tomke, ohne ihren Blick vom Fenster zu lösen. »Ich meine: über Nacht?«

»Ja, das durfte ich«, antworte ich und muss plötzlich lachen. »Meine Mutter hätte sich gefreut, dass ich keine alte Jungfer werde. Ich glaube, das war ihre größte Sorge. Sie hätte mein Zimmer mit Rosen und Kondomen dekoriert. Da bin ich sicher.«

»Beneidenswert«, murmelt Tomke und sieht mich immer noch nicht an.

»Beneidenswert?«, wiederhole ich und spüre, dass mich diese Formulierung gegen sie aufbringt.

»Ja«, meint sie beharrlich. »Beneidenswert. Ich hatte nie ein eigenes Zimmer. Wir waren zu Hause zu fünft. Meine Eltern waren sehr konservativ. Und streng. Als ich mit Gerold in den Urlaub fahren wollte, ging das nur mit Trauschein. Ich war so jung und unbedarft und habe es getan. Ich habe einfach geheiratet, nur weil ich in den Urlaub fahren und endlich mit ihm schlafen wollte. Deshalb ist es beneidenswert, wenn man sich ohne Druck ausprobieren kann. Wenn man sich Zeit lassen kann.«

Ihre Stimme schwingt bedrohlich. Sie sieht mich an. Ihre Augen haben wieder dieses Feuer. Dieses Mal lasse ich mich nicht einschüchtern. Meine Jugend war nicht beneidenswert.

»Zeit«, setze ich langsam an, »genau die hat meine Mutter mir nicht gelassen. Sie hat auch Druck ausgeübt. Großen sogar. Ich sollte mein Leben so leben, wie sie es als lebenswert empfunden hat. Und in ihrer Geschwindigkeit. Bei ihr hatte ich immer das Gefühl, nicht schnell genug erwachsen zu werden.«

Tomke schenkt mir Kaffee ein und stellt mir Milch dazu. Sie sieht mich nachdenklich an.

»Vor Jahren hätte ich dir gar nicht mehr zugehört. Ich bin nicht besonders geduldig.«

Sie lächelt, und dabei sieht sie unwiderstehlich aus.

»Wie alt bist du?«, fragt sie mich übergangslos.

»49.«

»Dann sind wir fast gleich alt. Ich bin nur ein Jahr jünger.«

Sie setzt sich wieder und lässt gedankenverloren die Sahne über ihren Tee gleiten.

»Schon eigenartig«, meint sie. »Wir kommen aus der gleichen Generation, und unsere Mütter waren so unterschiedlich. Und doch haben sie uns zu etwas getrieben. Etwas, das nicht zu uns gepasst hat. Aus ganz unterschiedlichen Gründen. Warum hast du so früh geheiratet?«

»Ja, warum?«

Ich suche nach Worten. »Das ist im Nachhinein schwer zu erklären. Weil nun alles so klar ist und man es selbst kaum noch versteht. Aber damals erschien es mir als Lösung, als die einzige Lösung.

Ich war verliebt, und ich hätte sicher ohne Trauschein mit Reinhard zusammenleben können. Aber er wollte mich heiraten. Über diese frühe Ehe hat sich meine Mutter geärgert. Richtig aufgeregt. Zum ersten Mal hat sie heftig mit mir gestritten. Das hat mir gefallen. Ich fühlte mich wie eine Revolutionärin. Verrückt. Heutzutage weiß ich natürlich, warum meine Mutter so aufgebracht war. Ich wäre auch nicht erfreut gewesen, wenn Sandra so früh geheiratet hätte.«

Sandra. Sie wäre nie auf die Idee gekommen, sich so früh zu binden. Habe ich es besser gemacht und ihr die nötige Zeit gelassen? Habe ich überhaupt etwas gelassen und nicht gelassen? Im Grunde habe ich nichts getan. Ich habe mich einfach nicht mehr in ihr Leben gemischt. Das ist alles. Ist sie deshalb nach Amerika gegangen?

»Nimmst du mich gleich mit nach Wilhelmshaven?«, reißt mich Tomke aus meinen Gedanken.

Es klingt nicht wie eine Frage.

»Ehrlich gesagt«, ich suche nach Worten, »ich nehme nicht gern Beifahrer mit, und seit dem Unfall schon gar nicht.«

»Quatsch«, schiebt Tomke ungerührt meine Bedenken beiseite. »Was soll schon passieren? Ich bin nicht abergläubisch.«

Ich muss lachen, denn ich würde jede Wette eingehen, dass Tomke sehr abergläubisch ist.

Graublaue Schichten gehen ineinander über. Manchmal in ein klares Weiß. Winterhimmel. Der Wind weht stürmisch, aber ungewöhnlich mild. Ich ziehe mir das Stirnband wieder herunter. Dabei haben wir morgen Anfang Dezember.

Tomke trägt einen schwarzen Hosenanzug. Die weiten Hosenbeine flattern. Die Jacke ist eng geschnitten. Darunter eine weiße Bluse mit einem riesigen Kragen. Ich muss an Prinz Eisenherz denken und wieder an meine Mutter.

Sie hatte eine Vorliebe für ausgefallene Kleidung. Enge Lederhosen, verwegene Blusen und enggeschnittene Westen. Immer mit viel Dekolleté. Tomke hätte ihr gefallen.

Mir gefielen klassische Twinsets und Blusen mit braven Bubikragen, gerade geschnittene Röcke oder Hosen. Doris Day war mein großes Vorbild. Die hätte ich liebend gerne als Mutter gehabt. Pünktliches Wecken. Blitzsauberer Frühstückstisch mit frisch gebackenen Pfannkuchen und Ahornsirup. Schulbrote, Kuss auf die Wange, und in der Haustür das letzte aufmunternde Winken.

Manchmal betrachtete mich meine Mutter mit diesem sorgenvollen Blick, mit dem man eine Tochter bedachte, die völlig aus der Art geschlagen war.

»Was willst du eigentlich anziehen, wenn du wirklich alt bist?«

Ich sehe an mir herunter und denke: Jeans, Mama. Jeans und lässige Pullover. Darunter immer noch gerne Blusen.

Reinhard hat meinen Stil sehr gemocht. Er meinte, ich wäre ein Überraschungspaket beim Auspacken. Die Erinnerung berührt mich unangenehm. Damals hat es mir gefallen und war auch ein Grund, mich in ihn zu verlieben.

Ich lenke den Wagen aus dem Ort. Tomke sitzt schweigend neben mir. Sie scheint in Gedanken zu sein. Auf der Küstenstraße packt eine Böe den Wagen, und ich muss den Lenker mit beiden Händen festhalten. Manche Bäume stehen schief, wie im Sturz. Aber sie sind fest verwurzelt, haben sich einfach den Windverhältnissen angepasst.

»Mochtest du eigentlich Doris Day?«, frage ich, weil ich die Stille zwischen uns im Wagen schlecht aushalten kann.

»Doris Day?«, wiederholt Tomke verständnislos. »Wie kommst du jetzt auf Doris Day?«

»Ich musste gerade an sie denken.«

»Nein, nicht besonders. Sie ist so eine Sauberfrau gewesen. Immer wie aus dem Ei gepellt. Ihre Filmfamilie auch, selbst ihre Liebhaber. Ich konnte ihr nie abnehmen, dass sie mit denen Sex hatte. Viel zu steril. Passte in die Zeit und zu Amerika, aber nicht zu mir.«

»Wäre sie nicht der Typ gewesen, den du gerne als Freundin gehabt hättest? Immerhin hätte man sich auf sie verlassen können.«

»Nein«, wehrt Tomke entschieden ab. »Worüber hätte ich mit ihr reden sollen? Ob die Tomaten in diesem Jahr besonders gut für ein Ketchup taugen, oder was?«

Ich muss lachen. Die Stimmung ist wieder leicht. Ich schalte das Radio ein.

»Bist du eigentlich glücklich verheiratet?«, höre ich Tomke fragen.

»Was heißt glücklich«, wiederhole ich irritiert. Ihr Übergang von einem Thema zum anderen hat etwas von Achterbahn fahren.

»Glücklich heißt, du bist gerne mit ihm verheiratet. Noch immer. Nach all den Jahren würdest du ihn noch einmal heiraten«, erklärt Tomke so andächtig, als lausche sie ihren eigenen Worten. Wie ein junges Mädchen, das sich ausmalt, wie es einmal sein wird, wenn man ein altes Ehepaar ist.

Ich spüre ihren Blick. Sie scheint die Frage ernst zu meinen und wartet auf eine Antwort. Mir fällt keine ein.

»Tut mir leid«, entschuldigt sie sich, als ich weiterhin schweige.

»Tut mir echt leid. Ist wohl nicht der passende Augenblick für so eine Frage. Dein Mann liegt auf der Intensivstation, und ich frage dich, ob du glücklich verheiratet bist. Ist sonst nicht meine Art.«

Ihre Hand streicht zart über meine. Ich nicke kaum merklich.

Ihre Berührung tut gut. Dabei hat mich ihre Frage nicht verletzt. Ich wusste nur keine Antwort. Über meine Ehe habe ich seit Els mit niemandem mehr gesprochen. Tomke könnte ich alles erzählen. Das verwirrt umso mehr, weil sie mich an meine Mutter erinnert. Hätte ich mit meiner Mutter reden können? Irgendwann? Nein, auch wenn Tomke mich an sie erinnert. Sie sind zwei völlig unterschiedliche Personen. Tomke ist weicher, viel weicher. Und sie ist nicht spöttisch. Genau das ist der Punkt. Ich habe mich vor dem Spott meiner Mutter immer gefürchtet. Nur weil ich anders war als sie.

Vielleicht war ich einfach zu jung und meine Mutter ist viel zu früh gestorben. Schade, dass man seiner Mutter nicht einmal gleich alt begegnen kann. Nur so als Test, ob man ohne die emotionalen Verwicklungen von Mutter und Kind miteinander auskommen könnte.

»Wolltet ihr eigentlich nur ein Kind?«, fragt Tomke und hat ihren Vorsatz, kein heikles Thema mehr anzuschneiden, schon wieder vergessen. Ich muss lächeln.

»Ich hätte gerne mehr Kinder gehabt. Wenigstens zwei. Aber ich habe einfach keine mehr bekommen«, antworte ich bereitwillig.

»Einfach so?«, fragt sie misstrauisch. Ich spüre ihren prüfenden Blick. Ihre Zweifel amüsieren mich ein wenig.

»Jedenfalls hatten wir nach Sandra noch Sex«, lache ich leichthin und spüre, wie ich erröte. Ich sollte mich auf das Fahren konzentrieren, sonst rede ich noch mehr Unsinn.

Tomke quittiert meine Bemerkung nicht, wie angenommen, mit einem wohlwollenden Grinsen. Sie dreht sich zum Fenster und sieht mich nicht mehr an.

»Schön für euch. Dann war ja alles perfekt«, sagt sie. Es klingt ungeniert zickig.

Anscheinend habe ich wieder einen wunden Punkt getroffen. Mit ihrem Gerold scheint sie nicht besonders glücklich zu sein. Glücklich. Verband sie Glücklichsein mit Sex?

Der war das einzig wirklich Gute zwischen mir und Reinhard.

Ja, wir hatten guten Sex. Sehr guten. Wir waren beim Sex einander zugewandt und nah, und ich habe es lange für den Gradmesser unserer Liebe gehalten. Bis vor zwei Jahren. Seitdem kann ich gutem Beischlaf nicht mehr vertrauen.

»Du stufst Sex ganz schön hoch ein«, hake ich vorsichtig nach.

»Was heißt hoch einstufen?«, grollt Tomke. »Ich bin halt immer neidisch, wenn ich höre, dass in anderen Schlafzimmern noch was los ist.«

Sie atmet tief durch.

»Dabei sollte ich auf das Gerede nicht hören. Wer gibt schon zu, dass er miesen Sex hat oder gar keinen.«

Jetzt grinst sie endlich.

»Musst mich nicht ernst nehmen. Ich vergesse immer wieder, dass du zu deinem Mann fährst, und der ist schwer verletzt.«

»Ich auch!«, rutscht mir heraus. »Ich vergesse es auch.«

Sie sieht mich warm an.

»Das ist sicher Verdrängung«, meint sie tröstend. »Mach dir keine Gedanken. Verdrängung ist manchmal wichtig, sonst würde man verrückt.«

Vor uns liegt Wilhelmshaven. Die Fahrt nähert sich viel zu schnell dem Ende.

»Ich vermisse Reinhard nicht besonders. Eigentlich gar nicht.«

Ich höre meinen Worten hinterher, als hätte eine Fremde sie gesagt.

Tomke sieht weiter geradeaus, als hätte sie mich nicht verstanden.

»Nein, ich vermisse ihn nicht«, wiederhole ich mit fester Stimme. »Dabei habe ich lange geglaubt, dass ich ohne ihn nicht leben kann.«

In mir ist eine Schleuse geöffnet, und nun wird ein neuer Gedanke nach dem anderen hinterhergeschoben.

»Ich werde mich scheiden lassen«, sage ich ruhig und klar, als wäre es die selbstverständlichste Sache der Welt.

»Ich werde mich scheiden lassen«, sage ich noch einmal mit Nachdruck, und der Satz erscheint mir wie eine Offenbarung.

»Auch nicht gerade das perfekte Timing«, meint Tomke trocken.

»Nein«, gebe ich zu, ohne mich angegriffen zu fühlen.

»Das ist absolut nicht perfekt.«

»Wolltest du ihm das vor dem Unfall sagen?«, fragt Tomke mitfühlend.

»Nein, ich weiß es erst seit zwei Minuten.«

Tomke runzelt die Stirn, aber schweigt. Wahrscheinlich hält sie mich für völlig durchgeknallt, aber ich war lange nicht so klar wie in diesem Augenblick.

»Reinhard und ich, das ist schwer zu beschreiben. Zwischen uns war Stille. Mag sein, dass wir noch nie gut miteinander reden konnten. Vielleicht habe ich mir das nur eingebildet. Das Einzige, was zwischen uns geklappt hat, war Sex. Darauf brauchst du nicht neidisch zu sein.«

Ich spüre, wie ich wieder rot werde.

»Doch«, widerspricht sie ganz ruhig.

»Doch, das bin ich. Sex ist das Einzige, was zwischen Gerold und mir nicht geklappt hat. Von Anfang an nicht.«

4

Tomke beugt sich zu mir herüber und stößt sanft mit ihrer Schulter an meine. »Bis dann. Wir treffen uns später im Café!«

Ich kann nur schüchtern nicken. Später im Café, denke ich und fühle mich für einen Augenblick sehr jung.

Schon eilt sie über die Straße. Der Wind greift nach ihrem riesigen Kragen und stülpt ihn hoch.

Während ich den Wagen wende, sehe ich mit einem letzten Blick, wie sie in einem Geschäft verschwindet. Es ist ein Beerdigungsinstitut. Ich fahre weiter und denke nicht darüber nach.

Scheiden lassen. Ich werde mich von Reinhard scheiden lassen. Ich spreche die Worte leise und lasse sie wie eine edle Schokolade auf der Zunge zergehen. Scheiden lassen. Ein völlig neuer, nie gewagter Gedanke und dabei so ausgereift, als hätte ich ihn jahrelang durchdacht.

Ich parke vor dem Krankenhaus. Beim Aussteigen reißt mir der Wind die Tür aus der Hand. Das passt zu meinen Gefühlen.

Meine Schritte sind beschwingt, als ich durch die Eingangstür gehe. Die Frau hinter der Glasscheibe lächelt mir zu. Ich lächele zurück. Oder bin ich diejenige, die zuerst gelächelt hat?

Erst vor der Intensivstation verpufft meine beschwingte Stimmung. Abrupt, als wäre ich gegen eine Mauer gelaufen. Scheiden lassen. Mit einem Schlag haben die Worte ihre berauschende Leichtigkeit verloren. Ich verschränke meine Arme vor der Brust und bleibe stehen. Scheiden lassen, das wird ein langes Stück Weg, Teresa. Ein Weg, der dich noch einmal nach Hannover zurückführen wird, ob du willst oder nicht. Bislang bist du einfach nur weggelaufen.

Die Elektronik surrt und lässt die Tür aufspringen. Ich mache instinktiv einen Satz zur Seite. Mit hart klopfendem Herzen bleibe ich stehen.

Ein Bett wird an mir vorbeigeschoben. Ich starre auf das endlose Weiß. Konturen einer menschlichen Gestalt. Ein Körper ohne Gesicht. Völlig verdeckt von Laken. Wie eine Mumie.

Eine Leiche, wage ich zu denken. Schwerfällig löse ich meinen Blick von ihr, und ich sehe in das Gesicht des jungen Pflegers. Er lächelt mir still zu. Ein wenig aufmunternd und ein wenig entschuldigend. Das Bett fährt ohne Geräusche in den Fahrstuhl. So sehr rauscht das Blut in meinen Ohren.

Ich gehe wie auf Watte durch die offene Tür in die Schleuse. Im Spiegel sehe ich in mein Gesicht. Es ist grau, und mir ist übel. Bevor ich mich erholen kann, wird die Tür erneut aufgerissen. Der alte Mann vom Nachbarbett und Schwester Maike kommen herein. Er geht bedächtig, als müsse er jeden Schritt überdenken. Vor der kleinen Garderobe bleibt er stehen und wendet sich Schwester Maike zu:

»Ich danke Ihnen sehr. Ich wünsche Ihnen weiterhin viel Kraft für Ihren Beruf.«

Seine Stimme ist ruhig und fest. Schwester Maike antwortet nicht. Sie hält nur seine Hand. Er zieht den grünen Kittel aus und hängt ihn sorgsam, als handele es sich um eine edle Robe, an den Haken zurück. Dann geht er, ohne sich noch einmal umzudrehen. Mich scheint er nicht erkannt zu haben. Dafür bin ich ihm dankbar.

Schwester Maike nimmt seinen Kittel vom Haken und stopft ihn in den Wäschesack. Mir reicht sie einen frischen. Ihre Hand berührt leicht meinen Arm:

»Nun kommen Sie. War kein erfreulicher Anfang, nicht wahr?«

Ich schüttele den Kopf und folge ihr. Am liebsten bis in das kleine Stationszimmer.

»Möchten Sie eine Tasse Kaffee?«, fragt sie.

Ich nicke dankbar. Dabei bin ich nicht durstig, aber eine Tasse Kaffee klingt so herrlich normal und gibt mir noch einen Augenblick Aufschub, bevor ich zu ihm gehen muss.

»Mit Milch und Zucker?«

»Nur mit Milch! Wenn's geht, keine Kondensmilch«, antworte ich mechanisch. Schwester Maike lächelt: »Die mag ich auch nicht.«

Sie bringt mir einen Becher und weist auf einen Hocker. »Setzen Sie sich einen Augenblick. Wir sind gleich fertig. Dann können Sie zu Ihrem Mann gehen.«

Ich setze mich und lasse ›Ihrem Mann‹ in mir nachklingen. Es beschämt mich. Die junge Schwester ist mir so nah. Ich wünschte, dass ich wenigstens ihr die Wahrheit sagen könnte.

Im Hintergrund klingelt das Telefon. Es hat einen unangenehmen Ton. Eine andere Schwester nimmt den Hörer ab.

Wenig später ruft sie: »Maike?«

Von weiter hinten kommt ein gedämpftes »Ja!«

»In der Ambulanz liegt eine massive Blutung. Jahrgang 61. Kommt in deine Einheit. Dauert aber noch. Sie wird gleich operiert. Und stell dir vor, das ist morgens beim Poppen passiert. Schrecklich, nicht wahr? Der Mann sitzt auch unten und ist völlig fertig. Dazu ist noch alles Mögliche schiefgelaufen. Dieser Penner von Sievers läuft bei denen in der Gemeinde als Landarztvertretung herum. Der Idiot hat in den Magen intubiert und Unmengen Luft reingebeutelt. Einige Namen sollte man sich wirklich eintätowieren lassen. Von dem nicht und von dem schon gar nicht.«

Die Stimme der Schwester ist kräftig und erinnert an eine Moderatorin, die mit Enthusiasmus eine Vollsperrung auf der Autobahn ansagt. Ich komme nicht umhin, alles mit anzuhören. Obwohl ich nur die Hälfte verstehe, ist es mir unangenehm. Ich lehne mich dicht an die Wand, damit die Schwester nicht an meine Gegenwart erinnert wird.

Schnelle Schritte, und ich fühle mich ertappt wie eine Spionin. Es ist Schwester Maike. Ihr Gesicht ist flammend rot. Ihre Augen blank, wie im Fieber. Ich weiche ihrem brennenden Blick aus und stehe auf. Aber sie nimmt mich gar nicht wahr. Mit seltsam hölzernen Bewegungen beginnt sie, einen Rollstuhl von einem Ende des Flures an das andere zu schieben. Ihre Unruhe greift auf mich über und ich möchte hier weg.

Aus dem Krankenzimmer kommt eine Putzfrau. Sie schiebt Eimer und Wischer auf einem fahrbaren Gestell vor sich her.

»Ist fertig, Frau«, nickt sie mir zu, und ich husche eilig an ihr vorbei in das Zimmer. Dabei geht mir Schwester Maike nicht aus dem Kopf. Was hat sie so in Aufruhr versetzt? Die Tatsache, dass ein Zugang erwartet wird, kann es nicht sein. Diese Situation ist sie gewohnt. Sie arbeitet schon seit fünf Jahren auf der Intensivstation. Das hat sie mir erzählt. Ist diese Frau in der Ambulanz vielleicht eine Bekannte oder Verwandte? Schwester Maike kommt aus Hannover. Das hat sie auch erzählt. Und sie ist nicht verheiratet.

Die Tür schließt sich hinter mir. Ich bin mit ihm allein im Zimmer, und ich habe keine Energie mehr für fremde Gedanken. Er liegt auf der linken Seite. Umrahmt von dem mittlerweile vertrauten Bild aus Schläuchen und Apparaturen.

So schnell geht das, denke ich und versuche, den leeren Platz neben seinem Bett zu ignorieren. Sowie meine Angst.

Ich setze mich auf einen Hocker und nehme seine Hand. Sie fühlt sich warm und lebendig an. Das gleichmäßige Pumpen der Maschinen beruhigt mich heute nicht. Im Gegenteil. Mit jedem künstlich gesteuerten Atemzug wird mir bewusster, dass ich mich nicht weiter verstecken kann. Ich habe ihn mitgenommen, und ich trage die Verantwortung. Meine Hand streicht über seine, und ich hoffe, dass er keine Schmerzen hat. Wenigstens keine Schmerzen. Aber wer kann mir diese Frage mit Sicherheit beantworten?

»Mitgefangen – mitgehangen, hat meine Mutter immer gesagt.«

Der Klang meiner Stimme lässt mich ein wenig ruhiger werden.

»Meine Mutter«, wiederhole ich.

»Ich sage dir, ich werde alt. Ein sicheres Zeichen, wenn man gedankenlos die Sprüche seiner Eltern wiederholt. Man sollte sich sehr genau überlegen, was man seinen Kindern erzählt. Sie tragen es weiter in die Welt.

Ich würde dir gerne eine Geschichte erzählen. Eine, die dich interessiert. Meine Mutter konnte sehr gut erzählen. Sie hätte dich nicht gelangweilt. Ihre Geschichten waren oft erfunden. Ganz spontan konnte sie sich auf einen neuen Zuhörer einstellen und hat genau erspürt, welche sie für ihn auswählen musste. Leider war sie zum Schreiben zu ungeduldig. Langsamkeit war nicht ihre Geschwindigkeit. Ihre Gedanken hätten vom Kopf zeitgleich auf das Papier fließen müssen. Dann vielleicht.

Ich dagegen liebe es, Briefe zu schreiben. Mich in Ruhe an den Schreibtisch zu setzen, alle Requisiten um mich zu sammeln. Das ist wie ein Ritual. Ich mag schönes Briefpapier, richtig edles, das sich glatt unter den Fingern anfühlt, ein wenig wie Seide. Zum Schluss gebe ich einen Tropfen Parfüm auf den Umschlag. Manchmal einen Aufkleber, wenn ich einen besonders hübschen habe. Aber ich kannte nie viele Menschen, denen ich einen Brief hätte schreiben können.

Einfach nur zu schreiben, macht mir keine Freude. Ich habe auch nie Tagebuch geführt. Ich brauche eine Adresse. Auch in Gedanken. Genau wie ich beim Spazierengehen gerne ein Ziel habe.«

»Frau Garbers?«

Die Stimme der Schwester ist direkt hinter mir. Ich fahre zusammen. »Tut mir leid. Ich wollte Sie nicht erschrecken«, entschuldigt sie sich. »Der Oberarzt würde Sie gern noch einmal sprechen.«

»Jetzt gleich?«, frage ich irritiert, und die Angst ist wieder da.

»Wenn möglich ja«, meint sie und nimmt das Krankenblatt von seinem Bett und beginnt mit den üblichen Eintragungen. Ich nicke und drücke seine wehrlose Hand.

Das Oberarztzimmer liegt auf dem Flur vor der Intensivstation. Meine Schritte werden vom Teppichboden verschluckt, und ich setze mich auf den bequemen Stuhl vor seinem Schreibtisch. Was will er von mir? Warum schon wieder ein Gespräch? Was haben sie herausgefunden? Bleib ruhig, Teresa. Es hat einen medizinischen Grund. Sonst säße mit Sicherheit noch jemand von der Polizei mit im Zimmer.

Doktor Werner begrüßt mich mit sachlicher Freundlichkeit. Er hat kurzgeschorene Haare und ein Jungengesicht. Unmöglich, sein Alter zu schätzen. Wie alt muss man sein, um Oberarzt werden zu können? Diese Gedanken normalisieren meinen Pulsschlag, und ich halte seinem klaren Blick stand.

»Frau Garbers«, setzt er an und räuspert sich. Es hört sich an wie ein imaginärer Hustenreiz.

»Frau Garbers«, wiederholt er nochmals, als wolle er tiefer in mein Bewusstsein vordringen.

»Ich hab Ihnen schon bei unserem ersten Gespräch erklärt, dass die Blutung bei Ihrem Mann sehr ungünstig liegt. Sie ist leider inoperabel. Gestern haben wir noch einmal diverse Untersuchungen laufen lassen, und ich kann und will Ihnen da absolut keine Hoffnung machen.«

Er unterbricht sich wieder durch ein Räuspern. Warum hustet er nicht anständig? Dieses Hüsteln klingt künstlich und macht mich nervös.

»Um es ganz klar zu formulieren: Ihr Mann ist hirntot, und an diesem Zustand wird sich mit Sicherheit nichts mehr ändern.«

Sie werden die künstliche Beatmung ausstellen, schießt es mir durch den Kopf. Er wird sterben. Dann wird die Wahrheit an den Tag kommen. Für jede Erklärung von mir wird es zu spät sein. Weder dieser Oberarzt noch irgendein anderer vom Klinikpersonal wird Verständnis für mich haben. Ich habe sie hintergangen. Schwester Maike, diese klare, junge Frau, wird sich enttäuscht von mir abwenden. Wieso habe ich es nur so weit kommen lassen? Warum reagiere ich immer so langsam? Gegen meinen Willen schießen mir Tränen in die Augen.

Doktor Werner kommt um seinen Schreibtisch herum und legt mir seine Hand auf die Schulter. Diese routiniert freundliche Geste gibt mir den Rest, und ich fange an zu weinen.

»Geben Sie mir noch zwei Tage«, flehe ich und es klingt, als bitte ich darum, meine eigene Hinrichtung aufzuschieben.

»Ich möchte mich noch in Ruhe verabschieden«, schluchze ich, und er reicht mir ein Papiertaschentuch.

»Auf jeden Fall. Selbstverständlich.«

Seine Stimme klingt ein wenig erleichtert, weil er mir einen Gefallen tun kann.

»Ich bitte Sie, Frau Garbers, machen Sie sich keine Vorwürfe. An dem Unfall sind Sie nicht schuld, und er hat den Tod nur beschleunigt. Ihr Mann wäre sehr bald an den Folgen seiner Leberzirrhose gestorben.«

Leise fügt er hinzu:

»Ich hatte Ihnen schon erklärt, dass die Leber und andere Organe bei Ihrem Mann sehr vorgeschädigt sind. Sie brauchen nicht zu antworten, aber Ihr Mann war Alkoholiker, nicht wahr?«

Seine Stimme hat einen mitfühlenden, warmen Klang. Wahrscheinlich stellt er sich meine Vergangenheit nicht gerade rosig vor. Ich schnäuze heftig in das Taschentuch und schüttele den Kopf.

Hinter meinen Tränen sehe ich, dass er mir nicht glaubt. Aber er macht keinen Versuch, mir zu widersprechen. Anscheinend ist es nicht mehr wichtig.

Reinhard und Alkohol. Schon gar nicht regelmäßig. Er ist viel zu kontrolliert, um abhängig zu werden.

Ich hätte nichts dagegen gehabt zu sagen: Ja, er hat leider viel zu viel getrunken.

Aber das hat er nicht.

Niemals.

5

Zwei Tage. Ich bleibe in der kleinen Nische stehen und lehne mich erschöpft gegen die Wand. Nur für einen Augenblick ausruhen. Dabei weiß ich längst, ich kann mich nicht länger verstecken. Nicht wieder an seinem Bett sitzen, ihm irgendwelche Geschichten erzählen und denken: Zwei Tage.

Ich muss zurück nach Hannover. Morgen, spreche ich mir Mut zu. Morgen werde ich …

»Was willst du noch von mir?«

Die Männerstimme unterbricht meine Gedanken. Sie ist voll kalter Wut und trifft mich wie ein unerwarteter Faustschlag. Ich halte schützend die Hände vor meinen Bauch. Er schmerzt, als wäre er wirklich getroffen worden.

Ich presse mich fester gegen die Wand. Als könnte ich in sie hineinkriechen. Weglaufen, denke ich. Aber wo soll ich hin? Zurück ins Oberarztzimmer?

Mach dich nicht lächerlich, Teresa. Der Mann hat nicht dich gemeint. Du kennst ihn gar nicht. Niemand kennt dich hier.

Ich atme langsam und tief, um mich zu beruhigen. Aber mein Körper fährt nur zögernd seine Alarmbereitschaft wieder herunter. Es dauert, bis ich einen Schritt nach vorn wage und um die Ecke spähe. Neben dem

Fahrstuhl steht ein Mann. Er ist jung. Vielleicht Anfang 30. Seine Gesichtszüge sind vor Wut entstellt. Auf seiner Stirn quillt eine hässliche Ader hervor. Und doch kann ich auch jetzt sehen, dass er ein sehr attraktiver Mann ist.

Vor ihm steht eine blonde Frau. Sie wendet mir den Rücken zu. Ihre Schultern sind nach vorn gebeugt. Ihr Kopf gesenkt. Sie trägt die grüne Dienstkleidung der Intensivstation. Erst jetzt erkenne ich sie: Schwester Maike!

»Anscheinend begreifst du es nur auf die harte Tour!«, schnauzt der Mann sie weiter an. Seine Augen fixieren Maike dabei derart böse, dass sich meine Furcht von einer Sekunde auf die andere in maßlose Empörung verwandelt.

Mit einem beherzten Schritt trete ich aus meiner Deckung hervor. Aufgeschreckt sieht er hoch. Als hätte er vergessen, dass er sich auf einem Krankenhausflur befindet. Um seine Lippen spielt ein kleines, zorniges Lächeln:

»Eine Szene in der Öffentlichkeit. Das ist genau, was du willst, nicht wahr?«, zischt er ihr zu, ohne mich weiter zu beachten.

»Ohne mich! Komm!«

Mit diesen Worten packt er die Frau hart am Oberarm und zerrt sie mit sich in die offene Fahrstuhlkabine. Ich haste blindlings hinterher. Bereit, mich einzumischen. Aber die Tür schließt sich vor meiner Nase. Der Fahrstuhl fährt nach unten. Ich drücke mit beiden Händen auf die Tasten. Ohne die geringste Ahnung, was ich eigentlich unternehmen oder sagen könnte. Etwa: Lassen Sie sofort die Frau los! Sie Rüpel! Nicht in diesem Ton! Kommen Sie, Schwester Maike! Ich helfe Ihnen!

Dabei weiß ich nicht einmal, ob sie meine Hilfe überhaupt will oder braucht. Ich folge nur meinem Instinkt. Der sagt mir: Ich muss sie beschützen.

Endlich öffnen sich die Türen erneut. Ich drücke auf »Erdgeschoss«. Während es abwärts geht, versucht mein Verstand, mich zu erreichen. Was weißt du eigentlich von Schwester Maike? Sie kommt auch aus Hannover. Okay. Sie lebt seit ein paar Jahren in Wilhelmshaven und arbeitet auf der Intensivstation. Und du magst sie. Mehr Informationen hast du nicht. Du hast keine Ahnung, welche Verbindung zwischen ihr und dem aufgebrachten Mann besteht. Vielleicht ist seine Wut berechtigt?

»Niemals!«, widerspreche ich mir laut. Sie ist nicht freiwillig mit ihm gegangen. Das habe ich genau gesehen.

Als der Fahrstuhl hält, öffnen sich die Türen auf der entgegengesetzten Seite. Ich drehe mich irritiert um. »Kein Ausgang«. Das Schild ist in Augenhöhe und nicht zu übersehen. Zögernd steige ich aus.

Hier ist nicht der übliche Krankenhausflur, wie ich ihn kenne. Die Räume erinnern eher an Operationssäle. Die Wände sind weiß gefliest. Überall hängen Sauerstoffgeräte.

Als sich hinter mir die Fahrstuhltüren wieder schließen, zucke ich zusammen. Mir ist klar, dass ich mich auf verbotenem Terrain befinde, und gehe weiter. Hinter der ersten Schiebetür bereue ich meine Entscheidung.

Ich habe das Gefühl, mitten in eine Filmszene von ›Emergency Room‹ geplatzt zu sein. Ärzte, Pfleger und Schwestern stehen um eine Trage. Ich kann sie nicht unterscheiden. Sie tragen alle diesen grünen Zweiteiler. Es herrscht angespannte Hektik. Alarmtöne schwirren unruhig durch den Raum und machen die Gefahr fast körperlich spürbar. Jetzt erst erkenne ich zwischen dem Personal eine Frau auf der Trage. Sie ist nackt. Ihr Leib ist aufgetrieben, als wäre sie schwanger. Ihre Beine und Arme sind makellos schlank. An ihrem Fußgelenk hängt ein zierliches Silberkettchen. Ihre Nägel sind rot lackiert.

Die Schiebetür gegenüber wird mit einer energischen Bewegung geöffnet. Ich fahre zusammen. Eine Frau im weißen Zweiteiler kommt herein.

Sie hat ihr Haar zu einem Pferdeschwanz gebunden. Er wippt bei jedem ihrer Schritte.

Ein Arzt oder Pfleger drückt ihr Blutröhrchen und einen Zettel in die Hand.

»Es eilt«, sagt er mit Nachdruck. »Die Werte sofort vom Labor durchgeben. So schnell wie möglich.« Seine Stimme klingt so, als dulde sie keinen Widerspruch.

Aber die Frau sagt völlig unbeeindruckt: »Ja, es eilt immer! Wenn ich hexen könnte, würde ich nicht hier arbeiten!«

Die Antwort wirkt in der knisternden Atmosphäre unwirklich, und ich erwarte eine zornige Reaktion. Aber der Mann wendet sich nur einem anderen Kollegen zu.

Ich stehe noch immer auf dem gleichen Fleck und starre wieder auf die nackte Frau. Sie ist sicher der Neuzugang, von dem sie vorhin auf der Intensivstation gesprochen haben. Beim Poppen, schießt es mir wider Willen durch den Kopf und lässt Bilder entstehen, die ich nicht sehen will.

»Was machen Sie hier? Haben Sie nicht das Schild gelesen? ›Eintritt verboten!‹«

Die Stimme ist streng, und ich sehe in das unwillig verzogene Gesicht einer Schwester.

»Entschuldigung. Ich habe mich verlaufen«, stammele ich und versuche ein dünnes Lächeln.

»Ich suche Schwester Maike«, füge ich hastig hinzu.

Die Gesichtszüge der Schwester entspannen sich. Vielleicht denkt sie sogar, ich wäre Maikes Mutter.

»Fahren Sie auf die Wachstation. Zweite Etage.«

Dabei weist sie mit dem Arm in Richtung Fahrstuhl.

Mein dahingehauchtes »Danke« nimmt sie nicht mehr wahr, und ich beeile mich, diesem Bereich zu entkommen. Hier ist Schwester Maike auf keinen Fall mit dem Mann gelandet.

Der Fahrstuhl öffnet sich dieses Mal sofort. Er ist schon programmiert und fährt mit mir in den Keller.

Die Decken sind niedrig. An ihnen laufen dicke Rohre entlang. Sie sind nackt und nur teilweise mit Isolierwolle ummantelt.

Hier ist mit Sicherheit auch kein Ausgang für Unbefugte, und ich warte, dass sich die Türen wieder schließen. Da höre ich erneut seine zornige Stimme.

»Was willst du noch von mir?«

»Mit dir reden.« Schwester Maike ist so leise, dass ich sie kaum verstehen kann. Mit wild klopfendem Herzen steige ich aus.

Die Stimmen kommen von links. Dort verläuft der Kellergang in einer Biegung nach rechts. Ich gehe langsam weiter.

»Mit dir reden!«, äfft er sie höhnisch nach. Der Klang seiner Stimme lässt meine Unsicherheit vergessen. Entschlossen gehe ich weiter.

An einer großen Doppeltür steht ›Obduktion‹. Davor liegt eine blutverschmierte Plastikfolie wie eine abgezogene Haut. Aufkommender Ekel lässt mich für einen Augenblick erstarren. Da höre ich wieder seine wütende Stimme und gehe weiter.

»Was gibt's denn noch zu besprechen? Ich werde dir sagen, was du willst. Mich fertigmachen! Einfach nur fertigmachen! Aber nun ist Schluss mit diesen Kleinmädchen-Spielen, verstehst du? Schluss! Ein für alle Mal!«

Mittlerweile schreit er. Glaubt, im Keller hat er keine Zuhörer, denke ich grimmig. Von Schwester Maike höre ich keinen Ton mehr und bekomme Angst. Mittlerweile renne ich. An der nächsten Ecke ist der Weg zur Zentralküche ausgeschildert. Dieser Keller ist ein Labyrinth.

Als ich sie endlich atemlos erreiche, steht sie erschöpft an eine Wand gelehnt. Ich sehe mich um, aber von dem Mann ist nichts zu entdecken. Sie ist allein.

Ihr Gesicht ist leichenblass, aber sie weint nicht. Wie in Trance sieht sie durch mich hindurch.

»Schwester Maike?«, frage ich so vorsichtig, als spräche ich mit einer Mondsüchtigen, die sich auf einem hohen Dach befindet.

»Frau Garbers?« Sie spricht meinen Namen aus, als zweifele sie gerade an ihrer eigenen Wahrnehmung.

Ich kann nur nicken, weil ich plötzlich einen imaginären Kloß im Hals habe.

»Sie sehen aus, als wären Sie einem Gespenst begegnet«, würge ich endlich mühsam heraus.

»Das bin ich auch«, sagt sie und fährt sich mit beiden Händen über ihr Gesicht, als wollte sie es waschen oder die letzten Minuten in ihrer Erinnerung löschen.

Übergangslos schwimmen ihre Augen in Tränen. Sie laufen ihr langsam über das Gesicht. Ohne, dass sie dabei das geringste Geräusch von sich gibt. Das berührt mich. Ich würde sie gern in den Arm nehmen und bleibe stocksteif ihr gegenüber stehen.

Lasse sie still weinen und warte, bis sie sich ein Taschentuch aus ihrer Kitteltasche zieht und geräuschvoll hineinschnieft.

»Ich habe Sie mit dem Mann beobachtet. Zufällig. Ich habe geglaubt, Sie sind in Gefahr«, sprudelt es aus mir hervor. Immerhin sollte sie eine Erklärung bekommen, warum wir uns hier im Keller begegnet sind.

Die junge Frau sieht mich lange an und ich glaube schon, sie hätte mich nicht gehört. Dann geht ein Lächeln über ihr Gesicht.

»Sie wollten mir helfen? Das ist unglaublich lieb von Ihnen.

Leider gibt es nichts mehr zu helfen. Es ist vorbei.

Sie haben es ja gehört. Die Kleinmädchen-Spiele sind vorbei.«

Bei den letzten Worten kommt wieder Farbe in ihre Wangen, und ihre Stimme klingt lebhafter.

»Kleinmädchen-Spiele«, wiederholt sie wütend. »So ein dämliches Wort. So ein dämliches Arschloch.«

Sie sieht mich erschrocken an und wird rot.

»Entschuldigung. Sie haben sich Sorgen gemacht und ich …«

Sie sucht nach Worten.

»Lassen Sie uns über etwas anderes reden. Es ist alles in Ordnung«, fügt sie beschwichtigend hinzu. Dabei sieht sie mich gerade an und hat nun wieder das professionell-freundliche Gesicht der Schwester Maike, das ich kenne.

»Ich habe gleich Feierabend. Überstunden abbauen. Wir sind heute überbesetzt. Eine Seltenheit. Lassen Sie uns einen Kaffee trinken gehen.«

Wir gehen gemeinsam die Schräge zum Fahrstuhl hinauf.

»Sie müssen sich nicht entschuldigen. Sie können darüber reden. Ich halte das aus«, widerspreche ich, weil ich genau fühle, dass absolut nicht alles in Ordnung ist und sie sicher keine Lust auf einen netten Kaffeeplausch hat.

Sie sieht mich zweifelnd von der Seite an.

»Sie haben doch im Augenblick genug eigene Sorgen.«

Ich höre deutlich, wie gerne sie mein Angebot annehmen würde, wenn wir uns an einem anderen Ort kennen gelernt hätten.

»Ich kann trotzdem zuhören«, widerspreche ich sanft.

»Arbeiten Sie in einem sozialen Beruf? Seelsorgerin?«, fragt sie und probiert ein kleines, schräges Lächeln.

»Nein, aber ich mag Sie.«

Jetzt werde ich rot.

»Ich Sie auch«, sagt sie leise und mein Herz macht wieder Stolpersprünge.

»Aber Ihr Mann liegt auf der Intensiv, und er ...«

Sie stockt. »Und meine Geschichte wird Sie auch nicht gerade aufheitern.«

»Das ist nicht mein Mann«, rutscht mir heraus und ich bin froh darüber.

»Ihr Freund«, meint Maike verstehend.

»Nein«, antworte ich fest. »Nein, ich kenne diesen Mann überhaupt nicht.«

Wir haben uns am Hintereingang verabredet. Ich bin in gelassener Stimmung. Dabei müssten mich die Ereignisse der letzten Stunde komplett durcheinandergebracht haben. Aber im Gegenteil: Meine Gedanken sind klar wie lange nicht mehr. Als wäre ich aus einer zähflüssigen Masse aufgetaucht.

In der Halle registriere ich das öffentliche Telefon und verlangsame meine Schritte.

Sandra. Ich muss sie anrufen. Aber was soll ich ihr erzählen? Ich bin von zu Hause weggelaufen. Hals über Kopf und ohne Plan. Als wäre ich gerade 18 und nicht 49. Nun bin ich in Wilhelmshaven. Schon über eine Woche. Auf dem Weg hierher hatte ich einen Unfall, und ein Mann – nein, du kennst ihn nicht – liegt unter Reinhards Namen auf der Intensivstation. Warum ich es so weit habe kommen lassen? Ich könnte ihr keine plausible Antwort darauf geben. Sandra hat kein Verständnis für Situationen, in die man gerät, weil man zu langsam reagiert. Bei ihr war immer alles klar.

Nein, ich kann Sandra noch nicht anrufen. Vorher muss ich mit Reinhard sprechen. Ein Telefongespräch vorab könnte unser Wiedersehen entschärfen. Außerdem bräuchte ich nicht in sein Gesicht zu sehen, wenn ich die Scheidung fordere. In dem sich Spott und Wut abwechseln werden, wenn er mich fragt, ob ich meinen Verstand verloren hätte. Scheidung! In deinem Alter! Mach dich doch bitte nicht lächerlich! Was erwartest du? Eine große Liebeserklärung nach all den Jahren? Scheidung? Wirklich lächerlich! Mit fast 50. Und dann?

»Und dann?«, wiederhole ich leise. Genau der Gedanke hat mich viel zu lange ausgebremst. Entschlossen wähle ich unsere Nummer. Als ich das Rufzeichen höre, fängt mein Herz an, schneller zu schlagen. Bis zu diesem Augenblick waren meine Pläne reine Theorie, nur eine Konstruktion aus Gedanken. Mit den ersten ausgesprochenen Worten werden sie Wirklichkeit.

Wie wird er reagieren? Vielleicht erleichtert, weil ich ihm die Entscheidung abgenommen habe. Das wäre angenehm.

Aber warum sollte Reinhard die Scheidung wollen? Nur weil ich ihn langweile? Warum sollte er kampflos seine Bequemlichkeit aufgeben? Bleibt nur noch zu hoffen, dass es eine neue Frau gibt, die ihn wirklich haben will. Der Gedanke erschreckt mich, weil er kalt ist und ohne Liebe.

Der Anrufbeantworter springt an: »Wir sind zurzeit an der Nordsee.«

Das ist meine Stimme. Sie klingt dünn. Man hört ihr deutlich die Erregung an. Ich lege noch vor dem Piep den Hörer wieder auf und bleibe stehen. Wir sind zurzeit an der Nordsee, klingt es in meinem Kopf nach. Ganz schön leichtsinnig. Geradezu eine Einladung zu einem Einbruch.

Genau das wird auch Reinhard mir vorhalten. Ärgerlich schüttele ich den Kopf. Reinhards Kommentar ist nicht mehr interessant.

Ich habe es aus Verzweiflung auf das Band gesprochen. Vielleicht ein letztes Mal aus einer Hoffnung. Dabei habe ich schon auf der Autobahn gespürt, dass es zu Ende ist. Ich habe, ohne es zu wissen, darauf gewartet, dass er mir einen Anlass bietet. Einen zweiten, der meine Energie für eine längst überfällige Reaktion freisetzt und mich von der elenden Angst befreit. Angst, mich zu trennen und ohne Reinhard zu leben. Nicht nur allein, auch mittellos. Ich habe nichts gelernt.

Aber es wird gehen. Ich denke an das Angebot von Ulla, in ihr Café mit einzusteigen. Oder putzen, denke ich trotzig. Das habe ich jedenfalls gelernt.

Die Angst, mir mein Versagen einzugestehen, so lange einen Irrtum gelebt zu haben. Aber am größten ist die Angst, Sandra gegenüberzutreten. In ihre klaren, manchmal so strengen Augen zu sehen und zu sagen: Ich will mich von deinem Vater scheiden lassen!

Sandra, die vielleicht nicht sagen, aber sicher denken wird: Du bist verrückt geworden. So einen Mann wirst du nie wieder bekommen!

Will ich auch nicht. Ich weiß nicht einmal, ob ich überhaupt einen anderen Mann haben will. Sie wird nicht verstehen, dass ich es einfach nicht mehr hinnehmen kann. Dabei wünsche ich mir so sehr ihr Verständnis.

Und dann ist da noch die Angst, Mitleid mit Reinhard zu haben. Wie wird er allein zurechtkommen? Er hat immer nur gearbeitet. Den Rahmen habe ich ihm gegeben.

Was hätte meine Mutter gesagt? So ein Ende habe ich dir schon vor 30 Jahren prophezeit! Nein, das hätte sie nicht gesagt. Sie war nicht selbstgerecht. Vielleicht hätte sie nicht verstanden, dass ich so lange mit der Entscheidung gewartet habe. Vielleicht hätte sie ›na endlich‹ gesagt und mich breit angegrinst. Mit Sicherheit hätte sie eine Flasche Sekt geöffnet und mit mir auf das neue Leben angestoßen. Sie hat Reinhard nie gemocht.

Zum ersten Mal vermisse ich meine Mutter.

Bevor dieses ungewohnte Gefühl mich zu sehr einnimmt, gehe ich nach draußen.

Der Wind hat sich gelegt. Die Sonne scheint. Das Wetter erinnert eher an einen launischen Apriltag als an einen Tag fast Anfang Dezember. Ich gehe um das Gebäude herum. Dort ist ein kleiner Park für die Patienten. Ich setze mich auf eine Bank. Dicht neben mir fahren die Krankenwagen die Ambulanzeinfahrt hoch.

Maike lässt mich nicht lange warten. Mit eiligen Schritten kommt sie auf mich zu. Eine bezaubernde junge Frau, denke ich. Sie trägt Jeans und einen flauschigen rosa Rollkragenpullover. Er unterstreicht die zarte Farbe ihrer Haut. Ihre Jacke trägt sie lässig über dem Arm. Mit der anderen schlenkert sie grüßend einen Rucksack. Sie setzt sich neben mich und hält sehnsüchtig ihr Gesicht der Sonne entgegen.

Ich betrachte sie von der Seite. In ihrer privaten Kleidung wirkt sie noch jünger. Mir wird bewusst, dass ich mich mit einer Frau verabredet habe, die im Alter meiner Tochter ist. Unmöglich, sie hier mit Schwester Maike anzusprechen.

»Wie heißen Sie eigentlich mit Nachnamen?«, frage ich.

Sie hält schützend eine Hand über die Augen und lächelt mich an: »Baumann, aber sagen Sie bitte Maike zu mir.«

»Gerne, wenn Sie Teresa sagen.«

Sie nickt und hält ihr Gesicht mit geschlossenen Augen wieder in die Sonne.

»Wollen wir hierbleiben?«, frage ich, weil ich nicht weiß, wie unsere Unterhaltung beginnen soll, und auch nicht mehr sicher bin, ob es eine gute Idee war, mich mit ihr zu verabreden.

Maike schüttelt entschieden den Kopf und setzt sich gerade hin.

»Nein, ich würde gerne etwas trinken. Aber nicht im Krankenhauscafé.«

»Ich habe mich im Café ›Bar Celona‹ verabredet«, schlage ich vor.

»Dann haben Sie nicht viel Zeit?«

Ich höre ihre Enttäuschung und merke, dass sie mich freut. Ich muss aufpassen, mich nicht zu sehr in diese junge Frau zu vernarren.

»Doch, habe ich. Ich bin erst in zwei Stunden verabredet. Ich wollte eigentlich länger bei meinem Mann bleiben.«

Jetzt sieht mich Maike irritiert an und ich spüre, dass ich rot werde. Mein Mann, denke. Ich habe die Geschichte schon zu lange zu meiner Wahrheit gemacht. Es wird Zeit, aus dem Lügengespinst herauszukommen.

»Ich meine, bei Jochen.« Zum ersten Mal spreche ich seinen Namen aus.

»Sie kennen ihn also doch?«, stellt Maike überrascht fest. Mir wird schwindelig unter ihrem prüfenden Blick. Sie wollte mir doch ihre Geschichte erzählen. Warum will sie meine so genau wissen? Aber nun habe ich davon angefangen. Nicht schon wieder die nächste Lüge.

»Ja und nein«, antworte ich langsam. »Ich habe Jochen als Anhalter mitgenommen. Alles, was ich von ihm weiß, ist, dass er keinen festen Wohnsitz und keine Angehörigen hat. Und ich kenne seinen Vornamen.«

Ich schlucke.

»Und dass er sich ein Seebegräbnis wünscht, weil er immer eine lange Reise auf einem Schiff machen wollte und nie dazu gekommen ist.«

Die Worte des Oberarztes fallen mir ein, und plötzlich ist mir klar, dass Jochen gewusst hat, dass er sehr krank ist.

Maike sieht mich noch eine Zeitlang nachdenklich an, aber sie glaubt mir. Das spüre ich.

»Okay«, sagt sie, ohne noch weitere Fragen zu stellen.

»Fahren wir ins ›Bar Celona‹! Oder wollen wir zu Fuß gehen?«

»Nein, ich bin mit dem Auto hier.«

6

Wir betreten die Nordsee-Passage durch den Eingang am Busbahnhof. Maike kennt sich aus. Das ist angenehm. Mit der Rolltreppe fahren wir in die erste Etage und gehen links in das Café ›Bar Celona‹.

Die Einrichtung ist schlicht. Buchenholz mit schwarzen Ledersitzen. Auf den runden Tischen brennen weiße Stumpenkerzen. Zielsicher steuert Maike an den Tischen im vorderen Eingangsbereich und dem großzügigen Tresen vorbei auf die Fensterfront zu. Die nimmt mit ihrer Helligkeit die ganze Rückwand ein.

»Ein freier Tisch am Fenster«, freut sich Maike und beschleunigt ihre Schritte.

Der Tisch ist mit Karten übersät. Für jedes Getränk eine spezielle. Aber ich habe keine Lust, sie durchzublättern, und entscheide mich für einen klassischen Milchkaffee.

»Ich würde gerne Weißwein trinken«, gibt Maike zu und zieht ihre Schultern hoch.

»Ist das ein Problem für Sie?«

Ich schüttele irritiert den Kopf: »Warum? Wegen der Uhrzeit?«

»Ja, auch. Und überhaupt, wegen der Situation. Nach allem, was Sie gerade miterlebt haben, passt es, wenn ich auch noch Alkohol trinke. Dabei gibt es nichts zu feiern.«

Ich schüttele noch einmal den Kopf: »Es stört mich wirklich nicht.«

Maike lächelt mich an, und dieses Lächeln ist unwiderstehlich. Unsere Getränke werden serviert. Ich schütte mir großzügig Zucker über den Milchschaum und löffele ihn ab, ohne vorher umzurühren.

Maike trinkt bedächtig ein paar Schlucke von ihrem Wein und sieht dabei aus dem Fenster. Wir reden nicht. Sie braucht sicher Zeit. Vielleicht findet sie keinen Anfang für ihre Geschichte. Den zu finden, würde mir auch schwerfallen. Wann hat meine angefangen? Sicher nicht erst vor acht Tagen.

Vielleicht bereut Maike längst, dass sie mir eine angekündigt hat. Ich war auch froh, als Tomke nach meinen ersten Geständnissen nicht nachgebohrt hat.

Und Maike? Sie hat kommentarlos hingenommen, dass der Mann auf der Intensivstation nicht mein Ehemann ist. Obwohl er unter seinem Namen geführt wird.

Aber worüber könnte ich mit Maike sonst reden? Ich kann sie jetzt nicht einfach nach ihren Hobbys fragen. So ein Geplänkel würde nicht mehr zu uns passen.

»Ich erwarte keine Sensationsgeschichte«, sage ich aus meinen Gedanken heraus.

Maike sieht mir direkt in die Augen: »Ich habe auch keine zu bieten.«

Dabei umfasst sie ihr Weinglas mit beiden Händen.

»Meine Geschichte eignet sich eher für einen Groschenroman.«

Sie trinkt ihr Glas halb leer.

»Ich brauche eine Linie«, beginnt sie zu erklären. »Eine Linie und einen Anfang und vor allem ein Ende von etwas.«

»Ich denke, das brauchen wir alle«, sage ich überzeugt.

»Ich weiß nicht.« Maike sieht mich zweifelnd an. »Bei manchen Menschen scheint es, als funktionierten sie immer. Sie können einfach so weitermachen. Egal, was geschehen ist. Sie machen einfach klick, und du bist raus aus ihrem Leben. Ohne noch einmal darüber reden zu müssen. Aber davon werde ich verrückt.«

»Die anderen auch«, sage ich leise. »Sie merken es nur nicht.«

Oder sie verdrängen, denke ich. Bis zu dem Augenblick, in dem sie der Wahrheit nicht mehr ausweichen können. Dann kommen die Erinnerungen mit aller Macht. Genau dort bin ich gerade angekommen.

Ich wollte für Reinhard einen Anzug in die Reinigung bringen. Meine Hände suchten routiniert die Taschen nach gebrauchten Taschentüchern ab. Da fand ich den Zettel. Eine zierliche Handschrift. »Ich freue mich auf unsere gemeinsamen Urlaubstage. Ich liebe dich. Deine Chris.«

Ich weiß nicht mehr, wie lange ich mit dem Papierfetzen in der Hand dagestanden habe. Kann sein, bis zum Abend, als Reinhard nach Hause kam.

Ich war wie gelähmt und konnte nicht denken. Mir nicht zurechtlegen, wie ich mit ihm reden sollte. Geschweige denn eine Nacht darüber schlafen, um taktisch klüger zu agieren.

Als er durch die Tür kam, habe ich im Flur gestanden und sofort eine Erklärung gefordert. Ihm den Zettel wie einen Schutzschild entgegengehalten.

Ich hatte keine Angst. An diesem Tag hätte ich eine Trennung gewollt, verkraftet. Es wäre der richtige Zeitpunkt gewesen. Das muss er gespürt haben.

Reinhard war blass. Sein Gesicht noch kantiger. Aber er stritt nichts ab. Er ging ungewöhnlich bereitwillig auf meine Fragen ein.

»Wie lange schon?«

»Zwei Jahre.«

Die Zahl hallte in meinem Kopf wider. Zwei Jahre!

»Und nun?«

Reinhard sah mich an. Nicht zärtlich oder liebevoll. Er sah mich nur lange an.

»Ich werde es heute Abend beenden.«

So, wie er das sagte, wusste ich, dass ich ihm glauben konnte. Zuerst war in mir nur Erleichterung. Für kurze Zeit hielt ich mein Gefühl sogar noch einmal für Glück. Dann kamen die nächsten Fragen. Heftiger als zuvor, wie eine heiße Welle. Sie blieben alle unbeantwortet.

Sie haben mich gequält. Ich konnte nur noch denken: Zwei Jahre lang habe ich eine Ehe zu dritt geführt und es nicht bemerkt. Mein Leben ist in den gewohnten Bahnen verlaufen. Reinhard und ich haben zusammen geschlafen. Nicht seltener als zuvor und nicht anders. Das hat mich am meisten verletzt. Verletzt und verunsichert. Ich hatte keinen Unterschied bemerkt. Kein Zeichen, an dem ich mich hätte orientieren können.

Und Reinhard redete nicht mit mir darüber. Er tat so, als wäre nie etwas geschehen. Wie sollte ich mich da je wieder beruhigen können?

Maike sieht wieder versonnen aus dem Fenster. Über den Busbahnhof auf einen Park und weiter in den Himmel.

»Warum sind Sie nach Wilhelmshaven gezogen?«, frage ich, um ihr eine Brücke zu schlagen und weil es mich interessiert.

Sie sieht mich an und wiederholt: »Warum Wilhelmshaven? Ich liebe die Küste und den Jadebusen besonders.«

Jetzt lacht sie. Das irritiert mich.

Ihr Weinglas ist leer. Sie nimmt es und hält es hoch. Dabei sucht sie Blickkontakt mit der Bedienung. Die versteht, und Maike wendet sich wieder mir zu. Sie sieht unsicher auf meine Kaffeetasse.

»Sorry, wollten Sie auch noch ein Getränk?«

Bevor sie auch meine Tasse durch die Luft schwenkt, sage ich: »Ich kann bestellen, wenn Sie Ihren Wein bekommen.«

Maike lässt sich auf dem Stuhl zurückfallen. Sie faltet die Hände über ihrem Bauch und atmet tief durch.

»Ich wollte schon immer Krankenschwester werden. Meine Eltern haben es geliebt, davon zu erzählen. Schon als ganz kleines Mädchen habe ich meine Puppen verarztet. Manchmal habe ich sie dafür vorher auseinandergenommen. Später mussten meine Freundinnen herhalten. Ich habe ihnen Verbände verpasst und sie ins Bett gesteckt. Fieber gemessen, ihnen mit Waschlappen die Stirn gekühlt und ihnen Kräutertees eingeflößt.

Das war besonders im Sommer ein Härtetest für ihre Freundschaft. Ich habe Arztromane verschlungen. Meine Oma hatte genug davon herumliegen. Später habe ich keine Krankenhausserie verpasst. Meine Tagträume verbrachte ich in einem dieser fantastischen Teams, mit gutaussehenden Ärzten und hilfsbereiten Krankenschwestern, und rettete Leben. So richtig klassisch.«

Sie sieht in mein lächelndes Gesicht und fragt: »Was wollten Sie als Kind werden?«

»Stewardess«, gebe ich zu. »Als der Beruf noch so hieß. Sie haben mich beeindruckt in ihren schicken Kostümen. Sie waren alle wunderschön und wirkten dabei so unnahbar. Das hat mir gefallen. Außerdem wollte ich immer viel reisen.«

Ich zögere und spreche weiter: »Gelernt habe ich dann letztendlich gar nichts. Meine Ausbildung zur Hotelfachfrau habe ich abgebrochen, als ich schwanger wurde.«

Maike sieht mich ruhig an. Ohne Spott und ohne verständnislos zu fragen, warum ich die Ausbildung nicht trotz der Schwangerschaft beendet habe. Und vor allem ohne zu fragen, warum ich es in den vielen Jahren nicht nachgeholt habe. Das tut gut.

Ob Sandra einer Frau in meinem Alter so gut zuhören könnte? Ihr zuhören und das Gehörte kommentarlos stehen lassen könnte? Wohl kaum, wenn sie so eine unspektakuläre Vergangenheit hätte wie ich. Sie hätte nur Verständnis für interessante Probleme, eine Missstimmung nach einer Fehlkalkulation, eine Denkblockade, vielleicht auch für das Burn-out einer gestressten Berufstätigen.

Ich erschrecke über meine Gedanken. Sie sind nicht fair. Ich habe nie ernsthaft versucht, Sandra etwas zu erklären. Sie hat mich mit ihrer Selbstsicherheit zu sehr eingeschüchtert.

»Das Gymnasium habe ich nach der zehnten Klasse abgebrochen«, holt Maikes Stimme mich wieder an den Tisch ins ›Bar Celona‹ zurück.

»Dabei hatte ich gute Zeugnisse. Aber ich sah keinen Sinn darin, mein Abitur zu machen. Das war die erste ernsthafte Auseinandersetzung mit meinen Eltern. Sie dauerte nicht lange. Ich konnte sie überzeugen. Sie vertrauten mir, weil bei mir immer alles so klar gewesen ist.«

Maike zieht die Nase kraus, und ihre Sommersprossen tanzen. Ich betrachte sie liebevoll.

»Ich kann Ihre Eltern verstehen. Sie machen einfach den Eindruck, immer alles im Griff zu haben.«

Sie sieht mich zweifelnd an, und ich muss wieder an den Mann im Keller und an ihre Tränen denken.

»So kann man sich täuschen«, sage ich und versuche ein schiefes Lächeln. Es gelingt mir nicht.

Ihr Getränk wird serviert. Ich bestelle mir eine Weißweinschorle. Eine kann ich mir erlauben.

»Ja, so kann man sich täuschen. Ich war immer die Robuste in unserer Familie. Als Kind ziemlich mollig. Immer mit roten Wangen. Auch wenn ich krank war.«

»Das kann ich mir kaum noch vorstellen. Sie wirken so zart.«

Maike lacht verlegen und trinkt einen Schluck Wein.

»Haben Sie Kinder?«

»Ja, eine Tochter.«

»Wie alt?«

»28 Jahre.«

»So alt wie ich.«

Meine Schorle wird gebracht. Maike nimmt ihr Glas und stößt leicht gegen meins: »Cheers, vielleicht verstehen wir uns deshalb so gut. Wollen wir uns nicht duzen?«

Ich nicke herzlich. Seit wir nicht mehr in den Positionen Schwester und Angehörige sind, habe ich das Sie zwischen uns sowieso als unnatürlich empfunden.

»Verstehst du dich gut mit deiner Tochter?«, fragt Maike, und ich höre, dass sie von mir ein deutliches Ja erwartet.

»Sie ist beruflich für zwei Jahre in den USA«, antworte ich ausweichend.

»Sie ist ganz anders als du«, schicke ich leise hinterher.

Maike legt ihren Kopf schief und sieht mich prüfend an.

»Wie anders?«

»Halt anders. Sie ist ein Karrieretyp. Sehr ehrgeizig und sehr selbstständig. Sie braucht mich nicht.«

Die letzten Worte tun mir weh.

Maike setzt sich aufrecht hin. Sie sieht mich mit so viel ernsthafter Strenge an, dass ich mich weiter nach hinten lehne.

»Das ist typisch. Tut mir leid, aber das ist wirklich typisch. Nicht brauchen! Eltern sind eigenartig. Als ob es nur zwei Sorten Kinder gäbe. Die einen überleben ohne Eltern nicht den nächsten Tag. Die anderen schaffen einfach alles und brauchen ihre Eltern überhaupt nicht. Aber jeder Mensch ist doch mal in der einen oder der anderen Position.«

Maike nimmt einen kräftigen Schluck Wein und ereifert sich weiter: »Und was verstehst du überhaupt unter Karrierefrauen? Die im schicken Schwarzen? Unnahbar, als wären sie unverletzbar? An Schlips und Kragen orientiere ich mich schon lange nicht mehr. Glaub mir, ich sehe die Menschen in Ausnahmesituationen. Ohne ihre künstliche Hülle. Da bleibt nichts über, nur die Angst. Die macht alle gleich. Bis auf ein paar Ausnahmen. Das sind wirklich starke Charaktere, die ich bewundere. Aber die trifft man selten, und sie kommen prozentual gesehen nicht häufiger unter Schlipsträgern vor.«

Mit so einer temperamentvollen Einlage habe ich nicht gerechnet.

»Sandra ist immer so kühl«, verteidige ich mich lahm.

»Sandra«, versuche ich weiter zu erklären, »sie wollte immer nur mit meinem Mann reden. Mich hat sie in der letzten Zeit gar nicht mehr wahrgenommen.«

Maike antwortet nicht. Wir schieben unsere Gläser auf dem Tisch hin und her.

»Ich sie auch nicht«, gebe ich zögernd zu. »Ich war erleichtert, als sie ausziehen wollte. Sandra ist zuletzt nur noch anstrengend gewesen.«

Maike sieht mich wieder sanfter an.

»Ruf sie doch einfach mal wieder an«, ermutigt sie mich.

»Das habe ich vor.«

Ich bin verlegen. Suche nach Worten.

Sage endlich: »Wie ging das mit dir weiter? Mit deinem Traumberuf?«

»Der Anfang war so, wie ich ihn mir ausgemalt hatte. Ich habe einen Ausbildungsplatz im Friederikenstift bekommen. Kennst du es?«

Ich nicke, und Maike erzählt weiter:

»Zeitgleich habe ich meinen Freund kennen gelernt. Er hat studiert. Wir sind zusammengezogen. Recht schnell. Jörg wollte aus seiner Wohngemeinschaft und ich aus dem Personalwohnheim raus. Es war mir zu laut. Ich komme aus Schillerslage. Ein Nest bei Hannover, Richtung Celle.«

»Ich kenne Schillerslage«, werfe ich ein. Meine Mutter hatte dort in ganz jungen Jahren eine Affäre mit einem Melker. Manchmal habe ich geglaubt, der war ihre wahre große Liebe. Wenn es die gibt. Auf jeden Fall ihre erste, und sie wurde immer ganz weich, wenn sie von Schillerslage und der Heide sprach.

»Jörg und ich glaubten an ein gemeinsames Ziel. Dabei hatte jeder nur sein eigenes: Das Ende der Ausbildung. Ich finde den Begriff Lebensabschnittspartner total affig, aber für uns hat er gepasst.

Nach dem Examen kamen wir mit unserer Beziehung ins Trudeln. Wir sind als Freunde auseinandergegangen. Es hat trotzdem wehgetan. Ich habe versucht, mich neu zu orientieren. Mein nächstes Ziel war die Intensivstation. Im Stift war auf lange Sicht keine Planstelle frei, und es standen noch andere Kollegen, die schon länger ihr Examen hatten, auf der Warteliste. In Wilhelmshaven war eine Stelle auf der Intensivstation frei. Ich mochte diese Stadt am Meer schon immer, und ich dachte, ein Umzug würde mir guttun und mir helfen, ganz mit Jörg abzuschließen. So einfach ist das. Darum bin ich in Wilhelmshaven gelandet.«

»Und weiter?«

»Die ersten Jahre waren okay. Nein, sie waren mehr als okay. Sie haben richtig Spaß gemacht. Das Team war supernett. Die Arbeit erforderte meine ganze Konzentration. Jeder Tag brachte neue Eindrücke. Das war richtig berauschend.«

»Und privat?«, wage ich mich weiter vor.

»Da hat mir nichts gefehlt. Ich habe mich mit einigen Kollegen angefreundet. Ein paar Männerbekanntschaften gab es auch, aber nichts Ernstes.«

Ich muss wieder an den Mann im Keller denken. Maike weicht meinem Blick aus.

»Ich weiß nicht mehr genau, wann es angefangen hat, wann die Begeisterung aufgebraucht war. Ich hatte immer mehr das Gefühl, zwischen den Schichten verloren zu gehen. Frühschicht, Spätschicht, Nachtschicht.

Manchmal, wenn ich vor meinem Spind stand und den Kittel anzog, habe ich mich beobachtet. Jeder Handgriff eine Wiederholung. Kugelschreiber und Schere in den frischen Kittel stecken. Das Haar zusammenbinden. Auf Station gehen und nach sieben Stunden wiederkommen.

Immer in Eile. Die unbegründet war, denn es wiederholte sich ständig alles ohne mein Zutun.

Dann begannen mir die Kollegen, und vor allem die Übergaberituale von Schicht zu Schicht, auf die Nerven zu gehen. Wenn eine Kollegin mit der Patientenkurve auf dem Schoß vom letzten Tubuswechsel am Vormittag erzählte. Dabei genüsslich kleine Schlucke Kaffee trank. Oder mit großem Ernst vom dekubitusfreien Gesäß ihres Patienten berichtete. Wenn Kollegen emotionslos sagten: ›Auch einer von denen, die nicht wieder nach Hause kommen.‹ Wenn sie sich in Fachausdrücken verloren und stolz waren, dass sie die glatt über die Zunge bekommen. Das hat mir mehr und mehr Übelkeit verursacht.

Dabei war es für mich bis vor kurzem genauso wichtig. Vielleicht bin ich auch neidisch auf ihren Enthusiasmus, den ich verloren habe.

Anfangs habe ich wie ein trockener Schwamm die vielen Schicksale aufgesaugt. Bis ich komplett voll von ihnen war und begriff, dass sich auch diese Geschichten wiederholten. Nur nicht für die Betroffenen. Das ist das Bittere. Ich fing an, nicht mehr hinzuhören und wusste, ich muss etwas anderes machen. Es wurde Zeit zu gehen. Aber ich hatte keine Ahnung, wohin.«

Lakonisch fügt sie hinzu: »Dann kam Torben Sievers.«

Ich ahne, wer das ist.

»Aber für die Geschichte brauche ich noch ein Glas Wein«, beschließt Maike und winkt wieder der Bedienung zu.

Ich verkneife es mir zu sagen, dass sie zu schnell und zu viel trinkt.

Es ist nicht der richtige Zeitpunkt zum Maßregeln. Vielleicht braucht sie einen richtigen Rausch und einen anständigen Kater.

»Wir hatten beide in der Silvesternacht Dienst. Torben Sievers und ich. Er hat schon länger als Arzt im Haus gearbeitet, aber wir hatten nie einen Draht zueinander. Ich fand ihn viel zu gutaussehend, freundlich, glatt. Einfach uninteressant.

Dann kam Silvester. Ich habe gerne an Feiertagen gearbeitet. Besonders an Weihnachten oder Silvester. Die Atmosphäre an solchen Tagen erinnerte mich an meinen Traum, den ich einmal vom Krankenhausleben hatte. Das Team ist sich näher als gewöhnlich. Es hat was von einer Familie. Die Routine macht Pause, und überall ist eine gute Stimmung, auch wenn viel zu tun ist. Auf jeder Station wird es gemütlicher gemacht. Kuchen gegessen oder aufwendig gefrühstückt. In der Nachtschicht wird überall gekocht.

Bei uns hat Torben gekocht. Selbstverständlich keinen Kartoffelsalat mit Würstchen oder Raclette, und jeder bringt dafür etwas mit. Nein, indisch. Den Einkauf hat er komplett übernommen. Das passt zu ihm, dachte ich. Yuppie bis ins Detail.

In der ersten Nachthälfte hatten wir wenig zu tun. Auf Intensiv hast du entweder Totentanz oder den absoluten Stress. Mit dieser Zeitbombe zu leben, geht an die Substanz. Das habe ich auch erst nach Jahren begriffen.

Silvester ist es häufig bis Mitternacht ruhig. Die Unfälle kommen erst später.

Torben schenkte mir an diesem Abend von Anfang an seine Aufmerksamkeit. Vielleicht, weil er bemerkt hatte, dass ich ihn nicht anhimmelte. Ich ließ mich in scheinbarer Überlegenheit darauf ein. Ein gefährliches Spiel. Allen gefällt es, umworben zu werden.

Ich wurde seine Assistentin und half ihm in der kleinen Teeküche. Es hat Spaß gemacht. Auch seine Handgriffe zu beobachten. Wie er sich zwischen diesen exotischen Gewürzen heimisch fühlte und lässig mit Töpfen und Pfannen hantierte. Mit welcher Hingabe er abschmeckte. Dabei erzählte er mir von seinem letzten Segeltörn. Er war der Smutje und musste die achtköpfige Crew versorgen. In einer winzigen Kombüse. Manchmal Menüs mit mehreren Gängen, erzählte er stolz. Dafür hatte er schon am Nachmittag mit den Vorbereitungen begonnen. Wenn oben eine Wende eingeleitet wurde, hatte er seine Not, die Schüsseln festzuhalten. Beim Erzählen lachte er und hatte etwas von einem kleinen Jungen.

Ich hörte ihm gerne zu und verstand überhaupt nicht mehr, warum ich ihn bislang unsympathisch gefunden hatte. Als er Gemüse, Fleisch und Reis zum Servieren anrichtete, starrte ich gebannt auf seine feingliedrigen Hände. Ich stellte mir vor, wie er wohl eine Frau berührte. Der Gedanke schoss mir bis in den Unterleib, und ich sah schnell weg.

Um 2 Uhr morgens kam ein schweres Polytrauma. Ein junger Mann. Er hatte über drei Promille Alkohol im Blut und noch andere Drogen. Für einen Augenblick hatte er geglaubt, er könne fliegen, und war aus dem vierten Stock vom Balkon gesprungen. Seine Freunde hatten sich vor der Schleuse versammelt und warteten. Blass und völlig verstört. Sie beteuerten, dass sich ihr Freund nicht umbringen wollte. Auf keinen Fall. Er wäre nur durchgeknallt vom Alkohol. Er wollte leben.

Wir versuchten, ihm dabei zu helfen. Er war gleich zu uns hoch auf Station gekommen. Wir sollten ihn erst mit Blut auffüllen und den Kreislauf stabilisieren. Dann sollte er in den OP. Dort ist er nicht mehr angekommen.

Wir haben gekämpft. Verbissen gekämpft. Du kannst dir nicht vorstellen, wie viel Adrenalin da freigesetzt wird. Wie viel Spannung im Raum ist. Jeder will etwas tun, um sie abzubauen. Herzmassage, bis jedem der Schweiß läuft. Da ist man wie im Rausch.

Er bekam viel Blut. Im Strahl durch eine Druckmanschette. Und es tropfte genauso schnell wieder aus ihm heraus, als bestände er aus Löchern. Jeder von uns sah, dass er tot war. Keiner hatte den Mut zu sagen: Leute, es reicht!

Irgendwann riss sich Torben sein Stethoskop runter und donnerte es in die Ecke. Wir hörten auf. Standen um die Leiche herum. Schweigend. Der Raum glich einem Schlachtfeld. Die plötzliche Stille war schwer auszuhalten. Torben lehnte sich für einen Augenblick an die Wand. Er sah erschöpft aus und unglaublich gut. Ohne Kittel, nur in Hose und T-Shirt.

Wir begannen aufzuräumen und sauber zu machen. Wie in Trance. Der nächste Notfall konnte jeden Augenblick angekündigt werden. Im Team ist nach so einer außergewöhnlichen Reanimation eine starke Zusammengehörigkeit. Fast eine Intimität. Und die erlebte Vergänglichkeit macht gierig, sich zu spüren, und offen für alle sinnlichen Erfahrungen.

Torben hat mit mir den Rest von dem jungen Mann in den Keller gefahren. Das war nicht seine Aufgabe.

Wir haben kein Wort miteinander geredet. Ich öffnete ein Kühlfach. Die kalte Luft strömte mir entgegen. Wir zogen die Metallwanne heraus auf die Hubtrage und schoben sie neben sein Bett. Wir schlugen schweigend seinen geschundenen Körper in das Laken und zogen ihn herüber. Er landete mit einem dumpfen Plopp in der Wanne.

Ich mag das Geräusch nicht. Wir schoben ihn in das Kühlfach. Dabei habe ich jedes Mal die Befürchtung, die Wanne könnte zu viel Geschwindigkeit haben und in der Dunkelheit der Kühlkammer verschwinden.

Wir wuschen uns die Hände. Dicht nebeneinander. Ich konnte ihn riechen. Es war eine fast unerträgliche Sinnlichkeit zwischen uns. Wir schlossen die schwere Metalltür der Obduktion und standen uns auf dem Flur im Keller gegenüber. Dann fielen wir regelrecht übereinander her. Umschlangen und küssten uns. Nein, das ist nicht richtig ausgedrückt. Es war eine heftige Knutscherei.

Das war die Nacht. Sie war eine Ausnahme und hätte eine bleiben können. Wir hätten problemlos am nächsten Tag zur Normalität übergehen können. Keinerlei Verpflichtung.

Aber Torben rief mich an. Und ich traf mich mit ihm. Viele Monate lang. Obwohl ich wusste, dass er verlobt war. Ja, verlobt. Konservativ bis zu den Nadelstreifen auf der Hose. Vielleicht hat gerade das mich gereizt. Es war ein Spiel. Ein spannendes, erotisches, und wie ich gehofft hatte, faires.

Vor drei Monaten wurde ich trotz Pille schwanger. Da war mir längst klar, dass Torben und ich nicht für ein gemeinsames Leben geschaffen waren. Schon gar nicht für ein gemeinsames Kind. Es allein großzuziehen, habe ich mir nicht zugetraut.

Von Torben hatte ich nur seinen Beistand erwartet. Seinen Trost. Mehr nicht. Als ich ihm den positiven Test zeigte, war sein einziger Kommentar: ›So blöd kann auch nur eine Krankenschwester sein.‹

Von da an hatte er Angst. Angst, dass ich seine heile Welt zerstören könnte. Seine Zukunft mit der Ärztin aus München. Sie kommt aus einer bekannten Arztfamilie, und Torben will Karriere machen. Das habe ich alles von Anfang an gewusst.

Er kapierte einfach nicht, dass ich mit ihm, dem einzigen Menschen, den es wirklich etwas anging, über den Schwangerschaftsabbruch reden wollte.

Ich wollte ihm erzählen, wie es war, als ich am Morgen vor der Tagesklinik stand. Mein Magen hatte sich verkrampft, als ich dachte: Hier wirst du sterben, mein Kind. Dich hat es nie gegeben. Ich war traurig. Doch alles Zögern war Lüge. Keine Chance, mein Kind. Die Menschen in der Klinik waren so freundlich. Was hatte ich erwartet? Keine Ahnung. Dann musste ich unterschreiben. Ich las die Einwilligung und mir wurde klar, dass ich gerade einen Totenschein unterschrieb. Mir wurde da erst der ganze Umfang dieser Entscheidung bewusst. Meiner Entscheidung. Und meiner Verantwortung. Ausschließlich meiner.

Ich bereue es nicht. Das wäre geheuchelt. Ein Kind ist in meinem Leben nicht gut aufgehoben. Aber es hätte mir geholfen, wenn er die Entscheidung ein bisschen mitgetragen hätte. Mehr habe ich nicht gewollt. Aber Torben verweigerte jedes Gespräch. Änderte sogar seine Handynummer und hat im Krankenhaus gekündigt. Er hospitiert jetzt noch einige Zeit in einer Landarztpraxis und dann verschwindet er nach München. Vorhin hat er mich angeschrien, ich soll endlich kapieren: Es ist zu Ende!

Zu Ende. Er versteht nicht, dass er mir ein anständiges Ende verweigert hat.«

Maike lacht bitter und kippt ihren Wein wie Wasser hinunter. Ihre Wangen glühen. Vom Alkohol und vom Erzählen. Ich suche nach Worten. Aber es gibt keine. Ich sollte aufstehen und sie einfach in den Arm nehmen. Das traue ich mich nicht. Stattdessen beobachte ich die Bedienung. Sie serviert gerade am Nachbartisch eines dieser Kaffee-Milchschaum-Kunstwerke. Sie muss meinen Blick gespürt haben und dreht sich zu mir herum. Die Ponyfransen fallen ihr bis auf die Nasenspitze. Durch diesen Vorhang sieht sie uns fragend an.

»Ich möchte noch einen Wein«, verkündet Maike und schiebt ihr leeres Glas demonstrativ in Richtung Tischkante. Ich widerstehe dem Impuls, es festzuhalten. Maike könnte es falsch verstehen und denken, ich halte sie für betrunken. Obwohl sie das mittlerweile ist.

Ich bestelle mir einen weiteren Milchkaffee. Dabei hätte ich gerne ein Bier genommen und mich ein wenig mit Maike betrunken, aber Tomke verlässt sich auf mich. Ich schiele auf meine Armbanduhr. Sie könnte jeden Augenblick hier auftauchen.

»War das zu viel für dich?«, höre ich Maike fragen. Anscheinend hat sie meinen Blick gesehen und missverstanden.

»Nein«, versichere ich eindringlich. »Es hat mich sehr berührt, aber es war nicht zu viel. Ich musste gerade an meine Verabredung denken. Sie müsste jeden Augenblick kommen.«

»Schade«, bedauert Maike. »Ich würde gerne deine Geschichte noch hören.«

»Meine Geschichte?«, wiederhole ich abwehrend.

»Vorher müssen wir überlegen, wie deine zu Ende zu bringen ist. Wie kannst du dich rächen?«, überlege ich, um abzulenken.

»Rächen hört sich wirklich nach Kleinmädchen-Spielen an«, meint Maike verächtlich.

»Was meinst du überhaupt mit rächen? Vielleicht sein Auto mit Farbbomben beschmeißen oder seiner Zukünftigen einen anonymen Drohbrief schicken? So billig kommt er mir nicht davon.«

Ihr Gesicht verdüstert sich, und ihre Vorstellung von Rache macht mir Angst.

»Ich will, dass er spürt, wie es ist, wenn man mit seiner Unterschrift über Leben oder Tod entscheiden muss. Er soll sich verlassen fühlen. Verlassen und völlig allein.«

Sie stützt ihr Gesicht auf ihre Hände. Es verschiebt sich eigenartig und erinnert an das eines kleinen Mädchens.

»Ich weiß nur nicht, wie ich das anstellen soll«, gesteht sie ein und atmet tief durch.

»Weißt du, ich möchte nicht mehr wütend sein. Ich möchte endlich trauern. Dabei frage ich mich, ob ich ein Recht zum Trauern habe. Ist doch paradox, ein Kind abzutreiben und es hinterher betrauern zu wollen, oder?«

Ich umschließe mit beiden Händen ihr Gesicht. Es glüht.

»Nein, es ist nicht paradox«, sage ich mit Nachdruck. »Du hast das Recht zu trauern.«

Maike lächelt zaghaft und hält die aufsteigenden Tränen zurück.

So etwas hat mich schon immer viel mehr berührt als ein heftiger Weinkrampf.

Sie löst meine Hände von ihrem Gesicht und richtet sich auf: »Jetzt erzählst du!«, fordert sie mit gespielter Strenge.

Ich ziehe hilflos meine Schultern hoch. Wo sollte ich anfangen, ihr meine Geschichte zu erzählen?

»Teresa«, sagt sie. Es macht mich verlegen, wie sie meinen Namen ausspricht. Und es gefällt mir.

»Ich habe dir so viel von mir erzählt«, meint sie und nun kann man ein dezentes Lallen in ihrer Stimme nicht mehr überhören.

»Du brauchst wirklich keine Hemmungen zu haben. Wie kommt es, dass du einen fremden Mann im Auto mitgenommen hast? Wieso liegt der bei uns auf Station als dein Mann?«

Ich spüre, wie meine Lider aufgeregt zucken.

Wie soll ich ihr das erklären? Ich verstehe es selbst kaum. Und Tomke? Sie wird gleich kommen. Was wird sie denken? Ich erzähle meine Geschichte nicht ihr, sondern dieser jungen Frau. Sie wird denken, dass ich kein Vertrauen zu ihr gehabt habe. Die Wahrheit ist, dass ich kein Vertrauen zu mir selbst gehabt habe. Maike ist mir im Keller zum richtigen Zeitpunkt begegnet.

»Da gibt es gar nicht so viel zu erzählen«, fange ich vorsichtig an. »Ich bin in diese Geschichte hineingerutscht, weil ich sie nicht von Anfang an richtiggestellt habe. Angefangen hat sie mit einer ganz normalen Ehe. Nicht überglücklich und nicht unglücklich. 30 Jahre lang.

Dann wird alles anders. Der Mann betrügt seine Frau. Nicht einfach so, sondern er hat eine richtige Parallelbeziehung. Über eine lange Zeit. Die Frau kommt schließlich dahinter, und der Mann verlässt seine Freundin. Nach zwei Jahren …«

»Du willst nicht wirklich darüber reden, nicht wahr?«, unterbricht mich Maike ohne Groll.

»Doch«, widerspreche ich. »Ich erzähle gerade meine Geschichte. Aber es gibt nicht viel zu erzählen. Es sind zu viele Jahre, über die ich nichts berichten kann. Das finde ich am schlimmsten.«

Maike sieht mich sanft an.

»Außer, dass ich im Fernlehrgang drei Sprachen gelernt habe«, füge ich hinzu, um aus dieser Stimmung wieder herauszukommen.

»Und das Beste ist, dass ich endlich weiß, ich kann mich scheiden lassen. Das hört sich vielleicht eigenartig an. Aber auf die Idee bin ich nie gekommen.«

Jetzt lächelt Maike breit, als würde sie mich komplett verstehen. Unmöglich, denke ich. Aber es tut gut.

Unsere Getränke sind da, und Maike greift sich ihr Glas. Der Inhalt schwappt dabei abenteuerlich.

»Heute ist der richtige Tag, um sich zu betrinken. Trinkt denn niemand mit? Skol!«

Sie setzt ihr Glas an, und bevor ich ihr eine beschwichtigende Antwort geben kann, ertönt hinter mir eine bekannte Stimme: » Doch, ich. Bringen Sie mir bitte auch ein Glas von dem Weißwein.«

7

Maike sieht erfreut zu der Frau vor unserem Tisch hoch.

»Moin, Tomke!«

Die nickt nur und pfeffert ihre Jacke und Tasche über einen Stuhl und lässt sich dann auf den neben mir fallen. Nicht, ohne laut zu stöhnen. Es klingt dieses Mal nicht lustvoll, sondern erschöpft. Als stieße sie mit einem Mal sämtliche Restluft aus ihrem Körper.

Blicke wandern zu unserem Tisch, aber es ist mir nicht peinlich. Ich sehe nur das Lächeln von Maike zu Tomke wandern und denke: So einfach kann das Leben manchmal sein. Völlig unnötig meine Sorge, wie ich die beiden einander vorstellen könnte.

»Ihr kennt euch?«, frage ich und kann meine Erleichterung nicht verbergen.

»Ja, vom Bauchtanz«, antwortet Tomke und lässt mit einer kleinen Bewegung ihren üppigen Busen kreisen.

Maike kichert: »Das habe ich nie so hingekriegt. Aber du bist mit deiner Körbchengröße auch klar im Vorteil.«

Tomke winkt lässig ab. Ihr Wein wird serviert. Sie nimmt das Glas und stößt kurz an meine Kaffeetasse an.

»Du warst lange nicht beim Tanzen«, sagt sie zu Maike.

»Nee«, meint die und wird übergangslos wieder ernst. »Ich hatte eine Scheißzeit.«

Ohne eine weitere Frage zu stellen, nickt Tomke verständnisvoll. Mir wird warm im Bauch. Das ist genau der Grund, warum ich sie so sehr mag.

»Und ihr?«, fragt Tomke mit einem kurzen Blick von mir zu Maike.

»Woher kennt ihr euch?«

Für einen Augenblick komme ich ins Straucheln. Meine eigene Situation war gerade in angenehme Ferne gerückt.

»Aus dem Krankenhaus. Maike arbeitet auf der Station, auf der mein Mann liegt«, antworte ich hastig.

Ich spüre Maikes prüfenden Blick und weiche ihm aus. Am liebsten hätte ich mir auf die Zunge gebissen, aber nun ist es heraus. Ich kann nicht mehr sagen: Nein, nicht mein Mann. Das habe ich dir zwar am

Frühstückstisch erzählt, aber diesen Mann auf der Intensivstation kenne ich gar nicht. Ich habe ihn als Anhalter mitgenommen. Das war sein Pech. Ich hatte einen Unfall, und ich habe nicht widersprochen, als sie ihn im Krankenhaus als meinen Mann aufgenommen haben. Warum? Ich war verwirrt. Vielleicht habe ich es mir auch gewünscht. Der Gedanke überrascht mich. So klar habe ich es bislang nicht sehen können.

Es wäre alles so einfach gewesen. Aber so einfach wird mir das Ende nicht gemacht. Mein Mann ist in Hannover oder sonst wo und mit sonst wem und wahrscheinlich kerngesund.

Um Tomke das zu erklären, müsste ich viel zu weit ausholen, und für heute reicht es mit dem Geschichtenerzählen. Maike ist so gut wie betrunken, und Tomke scheint gerade eigene Probleme zu haben. Ich werde es ihr später erzählen. In Ruhe, wenn wir zu Hause sind.

Zu Hause, wiederhole ich staunend. Wie leicht der Gedanke daherkommt. Ich bezeichne einen Ort als Zuhause, wo ich erst zwei Nächte geschlafen habe. Aber es gibt wohl Orte, wo man sich sofort heimisch fühlt. Als hätte man dort schon einmal ein Leben verbracht. Und es gibt Menschen, die man vom ersten Augenblick an in seine Nähe lässt. Als hätten sie immer dazugehört.

Ich betrachte Tomke liebevoll von der Seite. Auch sie trinkt ihren Wein viel zu schnell, als wäre er Mineralwasser. Sie setzt das leere Glas ab und lehnt sich entspannt nach hinten.

»Das habe ich jetzt gebraucht.«

»Hattest du Ärger?«, frage ich sie vorsichtig. Immerhin hat sie auf einige meiner Fragen schon mächtig überreagiert.

»Was heißt Ärger?«, fragt sie müde zurück und ordert winkend die nächsten zwei Weine. Ich verkneife es mir einzuwerfen, dass Maike längst genug getrunken hat.

»Um es auf den Punkt zu bringen: Ich hatte auch eine richtige Scheißzeit. Was heißt hatte? Ihr Ende ist nicht in Sicht.«

Sie macht eine Pause und starrt auf ihre Hände. Dann sieht sie mich unvermittelt an: »Wusstest du, dass sich in unserem ordentlichen Land sogar ein Häufchen Asche ausweisen muss?«

Maike hatte sich an ihrem Glasrand festgenuckelt und prustet nun in ihr Glas. So heftig, dass ihr Gesicht mit Wein übersprüht ist.

»Wie bist du denn drauf?«, fragt sie und reibt sich mit beiden Händen ihr Gesicht trocken.

»Bestens«, antwortet Tomke trocken. »Nachdem ich in einem seriösen Bestattungsinstitut auf meine Frage, wie eine Seebestattung abläuft, behandelt wurde, als wäre ich reif für die Geschlossene.«

Ich sehe sie unsicher an und weiß nicht, ob ich lachen oder mir Sorgen machen soll. Was soll das jetzt wieder?

Dann erinnere ich mich, dass ich sie vor einem Bestattungsunternehmen abgesetzt hatte.

»Aber Seebestattungen sind doch nichts Ungewöhnliches«, lallt Maike und stützt zur Abwechslung ihr Kinn auf den Glasrand.

»Dachte ich auch«, meint Tomke.

Sie nimmt das nächste Glas Wein und schiebt das andere zu Maike.

»Und?«, hake ich nach.

Tomke richtet ihren riesigen, korrekt sitzenden Kragen und zuckt mit einer Schulter.

»Nun ja, sie waren irritiert, dass ich die Urne zur Seebestattung mitbringen wollte.«

»Aber in einer Urne ist die Asche von einer verbrannten Leiche«, doziert Maike altklug und bekommt einen Lachkrampf. »Musste dein Mann endlich dran glauben?«

Tomke wirft ihr einen finsteren Blick zu.

»Genauso ist es. Und nun möchte ich ihn gern würdig bestatten. Was ist daran so witzig?«

Maike gibt sich Mühe, ihr Lachen zu unterdrücken und sieht Tomke mit einem verklärten Blick an.

»Ach Tomke, ich hätte einfach weiter zum Bauchtanz kommen sollen. Dein Humor hat mir gefehlt.«

Ich kann absolut nicht über Tomkes Äußerungen lachen.

»Was wolltest du im Bestattungsinstitut?«, frage ich eine Spur zu streng.

»Ich recherchiere für einen Krimi«, grinst sie und stößt mit Maike an. Die beiden kichern albern. Mir fehlt die nötige Leichtigkeit, mit einzustimmen. Wahrscheinlich auch der nötige Alkoholpegel. Und in mir nagt der lästige Verdacht, dass Tomke wirklich die Reste ihres Mannes in einer Urne durch das Haus trägt. Vielleicht reagiert sie deshalb so empfindlich auf Nachfragen? Aber warum sollte sie das tun? Sie macht ganz und gar nicht den Eindruck einer Psychopathin. Außerdem habe ich ihren Mann vor dem Fernseher gesehen, beruhige ich mich. Was für ein verrückter Gedanke, Tomke könnte von ihrem Gatten ein Feuerchen gemacht haben. Ich muss über meine abgründige Fantasie selbst lachen.

»Du traust mir wohl nicht zu, dass ich Krimis schreibe?«, fragt Tomke und sieht mich mit hochgezogenen Augenbrauen an.

Ich lächele unsicher. Sollte sie wirklich? Nein, sie hat recht, ich kann es mir nicht vorstellen.

»Ich weiß nicht«, gebe ich zu. »Ich habe noch nie eine Krimiautorin kennen gelernt.«

»Siehst du«, nickt Tomke zufrieden.

»Aber eine Tomke Heinrich ist mir bislang auf keinem Cover begegnet, und ich habe ein gutes Namensgedächtnis«, gehe ich auf ihr Spiel ein.

»Ein gutes Gedächtnis hast du? Fein. Aber hast du schon einmal von einem Pseudonym gehört?«

Bevor ich antworten kann, beginnt in Tomkes Tasche eine arabisch klingende Melodie zu dudeln. Sie holt schnell ihr Handy hervor.

»Moin, Juliane.«

»Tut mir leid, aber heute kann ich Vanessa unmöglich nehmen.«

»Nein, alles klar bei mir. Ich habe auch bald wieder mehr Zeit für euch.«

Am anderen Ende höre ich eine erregte Frauenstimme. Sicher Tomkes Tochter. Ich muss an den weggenommenen Schlüssel und die wütend zugeschlagene Tür denken.

Tomke hört lange zu, dann sagt sie sehr sanft: »Hör mal zu, Juliane.«

Sie wird wieder unterbrochen.

»Nein, jetzt hörst du mir einmal zu«, Tomkes Stimme wird für einen Augenblick schärfer.

»Papa hat sich in letzter Zeit sehr verändert. Es geht ihm nicht gut. Sein Diabetes hat sich verschlechtert. Aber ich habe ihn bislang nicht zum Arzt gekriegt. Du kennst ihn ja.«

Am anderen Ende kommt anscheinend ein Widerspruch.

»Gut, du kennst ihn nicht.«

Nach einer kleinen Pause: »Wenn es dich tröstet, ich auch nicht. Er wird immer schwieriger. Ich sollte euch fernhalten. Er wollte keinen Besuch.«

»Lieb von dir.«

»Ja, dann bis morgen.«

Tomke legt das Handy auf den Tisch und schweigt.

»Haben sie deine Urne geklaut?«, fragt Maike. Sie bekommt wirklich nur noch die Hälfte mit.

Tomke bleibt ernst: »Juliane will morgen vorbeikommen und ein paar Takte mit ihrem Vater reden.«

»Das ist doch lieb von ihr«, tröste ich sie lahm. Dabei ist deutlich, dass der Besuch ihrer Tochter Tomke gar nicht recht ist.

»Ja, total lieb«, meint sie lakonisch. »Aber im Augenblick kann ich sie überhaupt nicht gebrauchen. Sie sollte einfach warten, bis alles geregelt ist. Sie hat sich noch nie eingemischt. Ausgerechnet jetzt muss sie damit anfangen. Wenn sie so weitermacht, war alles umsonst.«

Die Worte brechen regelrecht aus Tomke heraus und ich spüre, dass sie mehr zu erzählen hat.

»Was ist überhaupt los?«, frage ich sie leise.

Tomke sieht mich prüfend mit ihren grünen Augen an: »Das ist eine längere Geschichte.«

Mit einer Kopfbewegung zu Maike: »Und außerdem nicht jugendfrei.«

Sie richtet sich auf und sagt übergangslos forsch: »Ich brauche zum Abschied noch einen Grappa. Du auch?«

Maike nickt und mein mütterlicher Einspruch wird von beiden überhört. Der Schnaps wird serviert und ich ordere sicherheitshalber die Rechnung. Genug ist genug.

Als wir aufstehen, bleibt Maike sitzen. Ich habe es kommen sehen. Sie ist völlig betrunken.

»Nun komm!«, fordert Tomke sie auf. Maike schüttelt den Kopf.

»Ich will nicht nach Hause. Könnt ihr mich mit zu euch nehmen?« Tomke ist mit einem Schlag wieder nüchtern.

»Nee, nee, Mädchen. Geh mal nach Hause. Bei mir ist es zurzeit ungemütlich, und außerdem hat Gerold eine schlechte Phase.«

»Aber du hast doch Teresa auch bei dir wohnen«, widerspricht Maike mit kindlichem Trotz.

»Nur für heute Nacht, bitte, bitte. Ich will nicht allein sein. Nur heute«, bettelt sie. »Ich bin auch ganz leise.« Sie hält sich ihren Finger vor die Lippen und macht: »Psssssssssst!«

Das erinnert an die alten Dick-und-Doof-Filme. Ich muss gegen meinen Willen lachen.

»Du hast doch Zimmer frei«, versuche ich, Tomke umzustimmen und ernte einen bösen Blick von ihr.

»Du hast Zimmer frei«, echot Maike und gewinnt sofort wieder Oberwasser.

Ich ziehe Tomke am Arm dicht zu mir heran: »Wir sollten sie wirklich so betrunken heute nicht allein lassen. Es geht ihr nicht gut.«

»Mir auch nicht«, knurrt Tomke und resigniert zu Maike: »Ist sowieso egal. Komm mit.«

Wir steuern, Maike links und rechts untergehakt, aus dem Café. Noch im Eingang lässt Maike einen gefährlich lauten Rülpser los. Jeder Seemann wäre stolz darauf gewesen. Eine Frau undefinierbaren Alters mit Betonfrisur, Kasack und Dreiviertelhose wirft Maike einen vernichtenden Blick zu.

Die lehnt ihren Kopf gegen meine Schulter und flüstert kichernd: »Perlonstrumpfhosenträgerin mit Mieder und Krampfadern.«

Maikes Gesichtsfarbe hat ein ungesundes Grau angenommen. Ich lasse die Fenster offen und hoffe, dass sie sich nicht übergeben muss.

»Setz dich gerade hin. Sieh aus dem Fenster und kotz nicht den Wagen voll!«, fordert Tomke sie auf. Es klingt routiniert, als wäre diese Situation für sie völlig normal.

»Die Nächste links abbiegen«, sagt sie zu mir und lehnt ihren Kopf zurück an den Beifahrersitz.

Mit knappen Anweisungen lotst sie mich weiter aus Wilhelmshaven bis auf die Küstenstraße. Ansonsten schweigt Tomke. Ich lasse sie. Wir werden später noch Zeit zum Reden haben. Nicht heute. Ich bin müde und sehne mich danach, allein zu sein.

Wenn wir Maike ins Bett verfrachtet haben, werde ich einen Spaziergang machen und danach auch schlafen gehen.

Dezente Schnarchgeräusche signalisieren, dass Maike längst eingeschlafen ist. Ein Blick in den Innenspiegel bestätigt das.

Gegen meinen Willen schleicht sich Reinhard in meine Gedanken und macht mich unruhig. Ich halte das

Lenkrad fester und denke: Nein, ich habe keine Angst. Ich weiß, was ich will. Ich will die Scheidung. Ich werde mich nicht länger wie ein kleines Mädchen von ihm behandeln lassen. Und was noch wichtiger ist: Ich werde mich auch nicht so benehmen!

Wir sind kurz vor Minsen, als mich Tomkes Frage aus meinen Gedanken zurückholt: »Kannst du bitte über Hohenkirchen fahren?«

Ich nicke mechanisch und biege ab, ohne zu wissen, warum. Geschweige denn, wo Hohenkirchen eigentlich liegt. Ihre Bitte klang so dringlich, dass ich meine Enttäuschung, dadurch später nach Hause zu kommen, beiseiteschiebe.

In Hohenkirchen kommandiert mich Tomke bis vor ein Feuerwehrgebäude. Ich sehe sie fragend an. Sie bleibt sitzen, schlägt sich mit der flachen Hand vor die Stirn und sagt: »Ganz vergessen. Sie sind ja umgezogen.«

Wir fahren in die Ortsmitte zurück, biegen an der einzigen Ampel ab und halten am Ende eines größeren Gebäudekomplexes.

Tomke greift mit fahrigen Bewegungen nach Tasche und Mantel. Sie ist nervös. Ich frage sie lieber nicht, was sie vorhat.

Auf einem Schild steht: ›Kung-Fu-Schule-Samurai‹. Vielleicht will sie sich dort anmelden? Immerhin macht sie auch Bauchtanz. Das klingt für mich nicht weniger exotisch. Aber warum ist sie dann so aufgewühlt?

Beim Aussteigen steckt sie sich noch einen Pfefferminz in den Mund und geht mit schnellen Schritten auf ein Flachdachgebäude zu. Erst jetzt entdecke ich noch ein Schild: ›Polizeiwache‹.

Was will Tomke bei der Polizei? Erst ein Bestattungsinstitut und nun die Polizei? Ich halte ihre Geschichte noch immer nicht für eine launige. Da steckt Wahrheit drin. Ich bin mir sicher.

Maike verschluckt sich an einem heftigen Schnarcher, fängt sich wieder und schläft tief und fest weiter. Ich befürchte, wir werden sie ins Haus tragen müssen. Hoffentlich kommt uns Tomkes Mann nicht in die Quere. Er scheint wirklich sehr schwierig zu sein.

Warum hat eine gestandene Frau wie Tomke Angst, und warum bleibt sie bei ihm?

Ich schüttele über meine Fragen den Kopf. Sieh dich doch selbst an, Teresa. Du bist 30 Jahre bei Reinhard geblieben und den größten Teil der Zeit hast du dir erfolgreich eingeredet: Eigentlich liebe ich meinen Mann. Er kann auch anders sein. Kann er, wenn er will. Doch letztendlich war jeder Schritt von ihm auf mich zu nur Berechnung. Keine Versöhnung, keine Entwicklung. Und schon gar keine Liebe. Selbst die spontane Trennung von der anderen Frau war Kalkül. Er wollte mich nicht verlieren, weil sonst sein Gerüst ins Wanken gekommen wäre.

Ich habe mehr Zugang zu seiner Familie. Sie wären alle auf meiner Seite gewesen. Ich kenne alle seine Geschäftspartner. Wie hätte er dagestanden? Schuldig geschieden. Für Reinhard existieren diese Begriffe noch.

Ein Leben mit der anderen Frau konnte er nicht einschätzen. Das war viel zu unsicher. Selbst wenn er viel für sie empfunden hätte. Ganz zu schweigen von Sandra. Seinem Liebling. Sie hätte ihm das nie verziehen. Eigenartig. Diese Erkenntnisse schmerzen nicht mehr. Als gehörten sie schon nicht mehr zu meinem Leben.

Die andere Frau hieß Chris. Wochen, nachdem ich ihren kleinen Zettel entdeckt hatte, Wochen, nachdem Reinhard die Beziehung zu ihr beendet hatte, Wochen später, trieb es mich zu ihr. Ich musste sie einfach einmal gesehen, einmal gesprochen haben.

Das würde mir helfen, vieles klären. So dachte ich. Nach dem Treffen war alles noch viel schlimmer. Chris war weder jünger noch attraktiver als ich. Das wäre leichter gewesen.

Ich hatte sie mir arrogant, jünger, gutaussehend und ein wenig leichtlebig vorgestellt. Aber vor mir stand eine verletzte Frau in meinem Alter.

Wir sind ohne große Worte wieder auseinandergegangen. Es gab nichts zu besprechen.

Ich sehe Tomke nach. Ich mag ihre entschlossenen Schritte. Kurz vor dem Eingang schlägt sie einen Haken wie eine junge Häsin und kommt zum Wagen zurück.

Vergeblich versuche ich, etwas in ihrem Gesicht zu lesen. Als sie neben mir sitzt, frage ich: »Hast du was vergessen?«

»So ziemlich alles«, antwortet Tomke tonlos.

»Fahr uns nach Hause.«

Mir ist klar, dass sie ein größeres Problem hat, und die betrunkene Maike ist dabei keine Hilfe. In mir keimt ein schlechtes Gewissen. Warum habe ich ihr noch mehr Probleme aufgehalst?

Aber wir mussten sie mitnehmen. Schließlich ist Tomke nicht unschuldig, dass Maike so viel Alkohol getrunken hat, tröste ich mich. Sie wird friedlich ihren Rausch ausschlafen, und morgen bringe ich sie nach Wilhelmshaven zurück. Danach fahre ich nach Hannover.

Maike lässt sich nur widerwillig von dem bequemen Autositz zerren. Wir haken sie gemeinsam unter, und wie befürchtet, müssen wir sie mehr tragen, als dass sie gehen kann. An der Tür stellen wir sie ab. Ich stemme mich gegen Maike, während Tomke aufschließt.

»Wohin mit ihr?«, keuche ich und hoffe, nicht die Treppe hoch in die erste Etage.

»Gleich ins Zimmer hier unten rechts«, sagt Tomke zu meiner Erleichterung, und wir lassen sie auf das breite Bett fallen. Maike dreht sich wie ein Kind auf die Seite, und ich decke sie zu. Ich streiche ihr eine Strähne aus dem Gesicht und denke wieder an Sandra. Morgen rufe ich sie an. Vielleicht hat Maike recht. Vielleicht ist ihre ganze selbstsichere Aufmachung nur Fassade.

Tomke holt wortlos einen Eimer und platziert ihn neben dem Bett. Sie kippt das Fenster und lässt die Tür angelehnt.

»Ich brühe mir einen Tee auf. Willst du auch einen?«, fragt mich Tomke im Vorbeigehen.

Ich folge ihr. Nicht ohne einen scheuen Blick in das Fernsehzimmer zu werfen. Die Mattscheibe flimmert, aber der Sessel ist leer. Anscheinend liegt er im Bett. Das ist mir recht und Tomke sicher auch.

»Willst du nun einen Tee?«, wiederholt Tomke. Sie hält abwartend die Teedose in der Hand.

»Nein danke«, schüttele ich den Kopf. »Ich will noch mal nach draußen.«

»Es wird gleich dunkel«, gibt Tomke zu bedenken. Aber ihre Warnung klingt halbherzig. Anscheinend wäre sie auch gern einen Augenblick lang allein.

»Ich weiß«, beruhige ich sie. »Ich bleibe nicht lange.«

8

Ich will mir nur noch einen wärmeren Pullover aus dem Auto holen. Da steht er vor mir. Wie immer gut aussehend. Wie immer ein wenig ungeduldig. Er scheint verlegen – das ist neu – und charmant. Reinhard.

Ich habe das Gefühl, auf der Stelle in Ohnmacht zu fallen. Das geht zu schnell und ganz anders als geplant. Dieses Mal wollte ich die Karten in der Hand behalten und den Zeitpunkt bestimmen.

»Wie kommst du hierher?«, stammele ich hilflos.

»Du wirst es nicht für möglich halten. Mit der Bahn.«

Sein gewohnt ironischer Tonfall nimmt mir die erste Verwirrung.

Ich setze mich hinter das Lenkrad und öffne ihm wortlos die Beifahrertür.

Ich hatte nicht vorgehabt, mit dem Auto zu fahren, aber die Lust auf einen Spaziergang ist mir vergangen. Nicht mit Reinhard und schon gar nicht hier. Ich bin froh, dass Tomke in der Küche ihren Tee trinkt und das Fenster zur anderen Seite hinausgeht.

Reinhard verzieht ergeben das Gesicht und steigt ein.

»Was ist das für ein Auto?«, fragt er und gurtet sich routiniert an.

Allein damit hätte man jede Verwechslung ausschließen können. Reinhard hätte niemals wie Jochen unangeschnallt im Auto gesessen.

»Ein Leihwagen«, antworte ich und starte mechanisch den Wagen.

»Und unser Auto?«

»Schrott.«

Ich höre, wie er die Luft durch seine Zähne zieht. Es macht mir Freude, ihn hängen zu lassen. Eine übermütige Freude, die mich sogar lächeln lässt. Das macht ihn wütend.

»Ich hätte nichts gegen eine nähere Erklärung«, sagt er und bemüht sich, freundlich zu bleiben. Er will seinen Plan durchziehen, denke ich. Versöhnung und dann ab nach Hause. Dort wäre alles sofort wie immer. Der Fall wäre für ihn erledigt. Mich schüttelt es bei dem Gedanken, wie oft er mich mit dieser Taktik wieder ruhiggestellt hat. Schlimmer noch – ich habe es zugelassen. Warum braucht man für so einfache Dinge, für einen ersten kleinen Schritt, so lange Zeit?

»Ich hatte einen Unfall«, antworte ich knapp. Jede weitere Erklärung scheint mir verschwendete Energie. Er ist sie mir nicht mehr wert.

»Ein Reifen ist geplatzt«, füge ich hinzu.

Reinhard nickt verstehend.

»Andere Fahrzeuge beteiligt?«

Ich schüttele den Kopf.

Er schweigt mit gerunzelter Stirn, und ich bin sicher, dass er im Geiste gerade die Schadensmeldung formuliert.

Obwohl ich nicht über meine Gefühle reden wollte, sage ich mehr aus Gewohnheit, als dass es mich verletzt hätte: »Danke, dass es dich interessiert, wie es mir geht.«

Ohne es zu wollen, nimmt meine Stimme den Tonfall eines kleinen Mädchens an, und dafür hasse ich mich.

Er hat diese Stimme auch wahrgenommen. Erheitert sagt er: »Aber das sehe ich doch. Du siehst fantastisch aus.«

Seine Hand fährt durch die Luft und will mein Haar streicheln. Mit einer energischen Bewegung entziehe ich mich.

Er stöhnt leise und nimmt seine Hand zurück. Wahrscheinlich hat er sich seinen Einsatz leichter vorgestellt und meine Widerspenstigkeit beginnt ihn bereits zu langweilen.

»Wie hast du mich eigentlich gefunden?«, frage ich und lenke den Wagen langsam am Deich entlang Richtung Schillig.

»Das war nun wirklich nicht schwer«, lacht er und rekelt sich wieder zufrieden in die Autopolster zurück.

»Deine Nachricht auf dem Anrufbeantworter. Dein bekannter Hang zu dieser öden Gegend. Nicht zu vergessen, die hilfsbereiten Kurverwaltungen. Voilà, da bin ich.«

»Warst du schon zu Hause?«, frage ich ohne Interesse. Du schindest Zeit, Teresa, denke ich. Sei nicht feige, und hör auf, mit ihm über belanglose Dinge zu reden.

»Nein, war ich nicht«, höre ich Reinhard antworten. »Ich habe nur den Anrufbeantworter abgehört.«

Bei den letzten Worten kann er seinen Groll nicht mehr verbergen. Seine zur Schau gestellte gute Laune ist wie weggeblasen.

»Ich habe einige Male angerufen und immer wieder den gleichen Spruch gehört. Deine Abwesenheit auf Band zu dokumentieren, ist schon mehr als naiv.«

Seine Stimme klingt emotionslos, wie immer, wenn er wütend ist. Das macht es mir leichter. Einem freundlichen, mir zugewandten Reinhard bin ich immer noch nicht ganz gewachsen.

»Um auch gleich alle weiteren Fragen abzuhaken«, holt er mit gewohnter Härte aus.

»Erstens: Es gibt keine neue Frau in meinem Leben. Dafür hätte ich zurzeit wirklich keine Energie. Das darfst du mir glauben.

Zweitens: Ich bin nicht in der Firma gewesen, weil ich Abstand brauchte.

Ich musste nachdenken.

Deshalb habe ich mir auch nicht den Firmenwagen geholt. Aus diesem Grund auch nur ein Koffer und meine Angelausrüstung und eine Buchung unter falschem Namen.

Ich wollte für ein paar Tage allein sein. Vollkommen allein und ungestört. Das ist alles!«

Mir schwirren die Gedanken durch den Kopf. Sollte das möglich sein? Reinhard hatte eine Krise. Ohne, dass ich es bemerkt habe?

Ich schiebe das aufkommende Mitleid beiseite. Wie hätte ich es bemerken sollen? Er hat mit mir nicht geredet. Schon lange nicht mehr.

»Warum hast du mir nicht einfach die Wahrheit gesagt?«

Ich bin doch deine Frau, denke ich. Aber an dem Satz würge ich, bekomme ihn nicht heraus. Er ist nicht mehr wahr.

Wir sind schon in Schillig, und ich lenke den Wagen weiter durch den Ort, bis wir wieder auf einem der schmalen Wege am Deich landen. Unter ein paar kahlen Birken ist eine Parkbucht. Ich halte an. Meine Hände sind nass geschwitzt. Unser Streit, nach dem ich dann hierher an die Nordsee gefahren bin, ist wieder gegenwärtig.

Ich kam an dem Tag früher als geplant nach Hause. Der Zahnarzttermin war ausgefallen. Reinhard stand mit Koffer und Angelausrüstung im Flur. Er sah blass aus.

Ich habe ihn ganz ruhig gefragt: »Was hast du vor?«

Er hat nicht geantwortet, sondern sich unwillig von mir abgewandt und ein Taxi bestellt. Ich starrte auf seinen Rücken. Seinen Koffer. Hörte, er wollte zum Bahnhof. Die Szene kam mir zu bekannt vor, ein Déjà-vu-Erlebnis.

So hatten wir auch vor zwei Jahren im Flur gestanden. Ich mit einem Zettel in der Hand und tausend Fragen. Er hat mir kaum eine beantwortet.

Nach dem Tag keine einzige mehr.

»Warum antwortest du nicht?«, schrie ich und ging einen Schritt auf ihn zu.

Er sah mich so genervt an, als wäre ich die Frau, die ihn jeden Tag ins Kreuzverhör nimmt, ihm nie seine Ruhe lässt. Dabei hatte ich seit zwei Jahren keine einzige Frage mehr gestellt. Aus Angst vor seinem kalten Spott und diesem vernichtenden Blick. In dem Moment überspülten mich all meine zurückgehaltenen Fragen wie eine Welle. Ich umklammerte mit beiden Händen seine Schultern und schüttelte ihn. Ich brüllte ihn zum ersten Mal mit voller Wucht an. Dann weinte und bettelte ich. Aber er schwieg, sagte kein Wort mehr. Er wendete sich von mir ab und wartete auf sein Taxi. Ich spürte, wie diese Macht über mich ihn genauso sehr anwiderte, wie sie ihm Freude bereitete.

Als er ging, als die Tür ins Schloss fiel, war ich unfähig, weiter hinter ihm herzulaufen. Ich blieb auf dem Flur stehen. Dann kauerte ich mich auf den Teppich und weinte. Ich weiß nicht mehr wie lange.

Bis ich aufwachte und wusste, dass ich wegmusste. Genau wie er und auch allein. Wohin? An die Nordsee. Der Gedanke ließ mich weiteratmen. Die Sachen zusammenpacken und gehen.

Meine Nachricht auf dem Anrufbeantworter war die letzte Brücke, die ich Reinhard geschlagen habe. Die letzte, denke ich, und sehe ihn ruhig an.

»Warum hast du mir nicht geantwortet?«

Reinhard zieht seine Schultern hoch. »Warum? Warum? Weil ich mit hochgradig hysterischen Frauen nicht rede.«

Ich sehe ihn abwartend an, aber mehr Erklärungen kommen nicht. So einfach ist das für ihn.

»Ich war nicht hysterisch«, sage ich leise.

»Mir ging es sehr schlecht. Du hast mich allein gelassen. Mit meiner ganzen Angst alleingelassen.«

Reinhard sieht mich übergangslos sanft an. Und ganz direkt, als wäre er wirklich bei mir.

»Nein, du bist normalerweise nicht hysterisch. Lass uns nicht streiten. Ich bin nicht zum Streiten hergekommen. Ich habe eine Flasche eiskalten Sekt und noch einen Tag Zeit dabei.«

Jetzt klingt seine Stimme sogar zärtlich.

Ich spüre wieder die Hitze in mir. Die Angst, den einfacheren Weg zu gehen. Nichts zu verändern. Sei nicht feige, Teresa. Es wird Zeit, Farbe zu bekennen. Du wusstest, dass es schwer wird.

»Lass uns ein Stück spazieren gehen«, schlage ich vor und löse den Gurt.

»Also, das muss nicht sein. Ich würde lieber gemütlich hier mit dir sitzen bleiben und Sekt trinken und dann ...«, seine Hand umfasst besitzergreifend mein Knie, »mit dir auf dein Zimmer gehen. So eine Frühstückspension hat sicher auch ihren Reiz.«

Er zwinkert mir zu.

Wie kann er so schnell umschwenken? Weil er mich nicht ernst nimmt. Er sieht mich einfach als seinen Besitz an. Er würde nicht einmal auf die Idee kommen, dass sich in mir etwas verändert haben könnte. Er meint, mich durch und durch zu kennen, und glaubt, wenn er den richtigen Knopf bei mir drückt, ist alles wieder gut.

»Lass das!«, fauche ich ihn an. Doch ich bin unfähig, mich gegen seine Hand zu wehren.

»Du bist ja wütend«, stellt Reinhard erheitert fest. »Wut steht dir ausgezeichnet.« Dabei gleitet seine Hand mit einem festen Druck über meinen Innenschenkel. Genau, wie ich es mag.

Warum konnte ich so lange so intensiven Sex mit ihm haben, obwohl ich schon so weit von ihm entfernt war? Vielleicht gerade deshalb? Die letzte Möglichkeit, ihm nah zu sein. Dabei bin ich ihm durch Sex keinen Millimeter näher gekommen. »Nähe kann man nicht herbeivögeln«, hätte meine Mutter gesagt. Der Gedanke an sie macht mich klarer.

Mit einer kurzen Bewegung verscheuche ich seine Hand wie ein lästiges Insekt.

»Was bildest du dir eigentlich ein? Du warst eine Woche verschollen, ohne Erklärung, ohne irgendetwas, und erwartest, dass ich dir übergangslos in die Arme sinke? Warum bist du eigentlich gekommen?«

Reinhard lacht. Er nimmt mich noch immer nicht ernst. Glaubt vielleicht an ein besonders ausgefeiltes Vorspiel.

»Sagen wir, ich hatte Sehnsucht nach dir. Und eine Woche Eremitendasein wirst du mir ja wohl verzeihen.«

Ich schüttele aufgebracht den Kopf: »Es geht nicht um eine Woche. Es geht um unser Leben, um uns und um ...«

»Mach dich nicht lächerlich, Teresa«, unterbricht er mich schroff. »Was erwartest du von mir? Leidenschaftliche Liebeserklärungen? Soll ich auf die Knie? Von mir aus. Sag, was du hören willst.«

Ich antworte nicht, weil es mir unmöglich ist, meine Gefühle in Worte zu fassen.

Da sagt er: »Schenken wir uns das, oder? Wir sind aus dem Alter heraus, uns wie Kinder zu benehmen.«

»Ich fange gerade an, wieder ein Kind zu sein«, rutscht mir heraus.

Er lehnt sich zurück und schließt genervt die Augen: »Manche nennen diese Phase auch schlicht und einfach Klimakterium«, stellt er sachlich fest, ohne die Augen wieder zu öffnen.

Ich höre seine Worte. Sie tun mir nicht weh. Er hat als einzige Antwort auf meine Fragen Hormonschwankungen parat.

Selbstverständlich nur meine. Es verletzt mich nicht. Macht mich noch nicht einmal wütend. Ich schaffe es, denke ich glücklich. Ich schaffe es, mich von ihm zu trennen. Fast hätte ich ihn um ein Glas Sekt gebeten. Aber das werde ich später mit Tomke trinken.

Reinhard öffnet die Augen, fährt sich mit den Händen über das Gesicht und setzt sich gerade hin:

»Also in Ordnung. Lassen wir das ganze Theater und fahren gleich nach Hause. Ich muss hier nicht noch einen Tag bleiben.«

»Das brauchst du auch nicht.«

Ich warte einen kleinen Augenblick. Betrachte das kahle Geflecht der Bäume. Der Himmel behält auch am Abend am Meer eine ganz besondere Helligkeit.

»Ich werde mich scheiden lassen.«

Die Worte kommen ruhig und leicht über meine Lippen.

Ich sehe weiter in den Himmel und warte auf eine Reaktion. Ich werde sie ertragen. Aber es kommt keine.

Reinhard atmet nicht schneller, er verändert nicht seine Körperhaltung. Er antwortet einfach nicht. Dann holt er wortlos die Flasche Sekt aus einer Tasche, entkorkt sie und gießt sich eines der mitgebrachten Gläser voll.

Nicht zu antworten ist seine übliche Kriegsführung. Ich bin sie gewohnt, nur nach dieser Ankündigung habe ich nicht mit ihr gerechnet.

»Ich weiß nicht, ob du mich verstanden hast«, setze ich noch einmal an. »Ich werde mich scheiden lassen.«

Reinhard nimmt einen Schluck Sekt und lässt ihn unnötig lange im Mund hin und her gehen. Sein ungeniertes Schmatzen ekelt mich an. Endlich schluckt er mit einem harten Geräusch die Flüssigkeit hinunter und sagt: »Selbstverständlich habe ich dich verstanden. Zumindest akustisch. Ansonsten mache ich mir Sorgen. Haben sie nach dem Unfall eigentlich deinen Kopf untersucht?«

Eine Hitzewelle treibt mir das Blut ins Gesicht. Ich sehe zur Seite und versuche, mich zu beruhigen.

Was habe ich erwartet? Ein angenehmes Gespräch, und er würde mich gehen lassen? Hätte eventuell sogar Verständnis?

Dann müsste ich mich nicht von ihm scheiden lassen.

»Selbstverständlich haben sie meinen Kopf untersucht«, antworte ich so kühl wie möglich. »Sogar sehr gründlich und in mehreren Ebenen. Und ich kann dir versichern, ich habe selten so klar gedacht wie in diesem Augenblick.«

Meine Stimme hat nicht vibriert. Ich wende meinen Kopf wieder in Reinhards Richtung, ohne ihn zu sehen.

»Ich werde uns jetzt zur Pension zurückfahren. Du kannst dann den nächsten Zug nehmen. Oder auch nicht. Wie du willst. In zwei Tagen werde ich auch nach Hannover kommen. Dann können wir alle Scheidungsformalitäten erledigen.«

Reinhard stößt ein raues Lachen aus.

»Wie großzügig von dir. Hast du keine Angst, dass dort eine andere Frau auf mich warten könnte?«

»Nein«, sage ich und die Hitze in meinem Körper lässt nach.

»Stell dir vor, es ist mir gleichgültig.«

Der Schweiß auf meiner Stirn verdunstet und lässt eine angenehme Kühle auf der Haut zurück. Dafür beginnt sich Reinhards Gesicht dunkel zu verfärben. Vor seiner Wut habe ich mich immer gefürchtet. Sie hat mich regelrecht in Panik versetzt. Dabei hat er nie getobt oder mich angeschrien. Niemals. Das wäre leichter gewesen.

Er hat einfach nicht mehr mit mir gesprochen. Mich nicht beachtet. Tagelang. Und ich habe meine ganze Energie darauf verwendet, ihn aus dieser Stimmung wieder herauszuholen.

Ich bin ihm nachgelaufen, und mein einziges Ziel war, wieder Nähe aufzubauen. Die hat er mir dann irgendwann gewährt. Körperlich. Wir haben miteinander geschlafen, aber kein Gespräch geführt.

Reinhard schenkt sich das zweite Glas Sekt ein und starrt schweigend durch die Windschutzscheibe an mir vorbei. Soll er. Damit quält er mich nicht mehr.

»Ich fahre jetzt«, sage ich und meine Hand umschließt den Zündschlüssel.

Bevor ich starten kann, sagt Reinhard: »Warte einen Augenblick.«

Ich ziehe meine Hand zurück. Dass er mit mir spricht, kommt unerwartet. Ich habe mit keinem Wort mehr von ihm gerechnet. Einen Augenblick warten, wiederhole ich in Gedanken und versuche, mich auf die nächste Szene einzustellen. Dafür fehlt mir die Vorstellungskraft, weil wir noch nie eine ernsthafte Auseinandersetzung hatten. Vielleicht will ich es mir nicht vorstellen, weil ich Angst habe, dass er plötzlich mit Gefühlen kommen könnte. Gefühle, die mich festhalten sollen.

Reinhard lässt mich warten. Er trinkt noch einen Schluck, richtet sich dann auf und legt seinen Arm über meine Nackenstütze. Ich spüre, wie sich mein Körper versteift.

»Gut, ich versuche zu verstehen«, sagt er leise.

»Vor einer Woche hast du weinend vor mir gestanden. Nein, das ist nicht richtig ausgedrückt. Du warst am Rande eines Nervenzusammenbruchs. Du hast gebettelt, gefleht und mich fast geschlagen. Warum? Weil ich dir als Vertrauensbeweis meine Urlaubsadresse geben sollte.

Zugegeben: Ich bin gegangen, ohne sie dir zu geben. Aber dein Verhalten war unerträglich. Das konnte ich nicht honorieren.

Und du? Was hast du getan? Du hast nicht gewartet, ob ich mich abends melde oder vielleicht zurückkomme. Nein, du hast deine Tasche gepackt, diesen Spruch auf das Band gefaselt und bist kopflos weggefahren. Einfach so. Unterwegs hast du dann unser Auto zu Schrott gefahren, aber das nur am Rande.

Du hast dich während dieser Zeit weder gemeldet noch sonst ein Zeichen von dir gegeben. Was ich, nebenbei bemerkt, schon getan habe. Ich habe dich sogar gesucht. Komme mit Sekt und gutem Willen. Und was ist deine Antwort? Du willst die Scheidung. Nach 30 Jahren. Mach dich doch bitte nicht lächerlich. Wem willst du diesen Unsinn verkaufen? Einem Anwalt? Oder Sandra? Mir jedenfalls nicht.«

Sandra. Ihr Name legt sich wie ein Ring um meinen Magen. Sandra. Dabei hätte ich vorbereitet sein müssen. Es war klar, dass er sie da mit reinziehen würde.

Meine schwächste Stelle.

Ich recke mein Kinn. Sandra wird es verstehen oder verstehen müssen. Schließlich ist sie erwachsen, und ich nehme ihr nicht den Vater. Ich werde mit ihm einfach nicht über Sandra reden.

»Die Zeiten, in denen man einem Anwalt etwas verkaufen musste, sind zum Glück vorbei. Nebenbei bemerkt, will ich niemandem etwas verkaufen. Ich will mich schlicht und einfach scheiden lassen.«

Den letzten Satz pfeffere ich ihm regelrecht an den Kopf. Ich habe keine Lust, länger mit ihm zu reden. Die Zeit zum Reden ist vorbei. Er hat sie nie genutzt.

Reinhard schüttelt seinen Kopf und lacht ungläubig, als würde er seinen Ohren nicht trauen. Als habe eine Verrückte ihm ein ungeheuerliches Angebot gemacht. Er trinkt sein Glas leer und schenkt sich nach. Alles provozierend langsam. Mein Blut pocht hart gegen meine

Schläfen. Ich muss mich beherrschen, ihm nicht das Glas aus der Hand zu schlagen.

»Ich fahre jetzt los. Halt dein Glas fest!«, fauche ich ihn an und starte den Wagen. Ich lege den Gang ein und würge den Motor beim Anfahren gleich wieder ab. Ein heftiger Ruck und wir stehen. Reinhard balanciert ungerührt sein Glas, ohne einen Tropfen zu verschütten. Er ist unverletzbar, denke ich verzweifelt und will neu starten. Da sagt er: »Teresa, du meinst das ernst mit der Scheidung, nicht wahr?«

Ich nicke heftig.

»Ja, absolut.« Meine Stimme bebt. Wie er gerade meinen Namen ausgesprochen hat, entgeht mir nicht. Warum macht er das? Das ist unfair. Das hat er seit Jahren nicht getan. Nicht in diesem vertrauten Ton.

»Gut, wie du meinst. Ich kann dich nicht zwingen, mit mir verheiratet zu sein«, höre ich ihn sagen und versuche vergeblich, einen falschen Klang herauszuhören. Sollte er mich wirklich in Frieden gehen lassen?

Der Ring um meinen Magen lockert sich nicht. Ich traue ihm nicht. Der Schwenk geht zu schnell. Ich habe damit gerechnet, dass er mich verspottet, mich an mein Alter erinnert und sich hinterher in eisiges Schweigen hüllt. Oder nimmt er meine Veränderung wahr? Spürt er, wie ernst ich es meine? Warum fragt er mich nicht, warum ich mich scheiden lassen will?

»Dir ist klar, wie es finanziell um uns steht?« Reinhards übergangslos harte Stimme schreckt mich hoch. Erneut schießt eine heiße Welle durch meinen Körper und lässt mich schwitzen.

»Nicht genau«, antworte ich verunsichert. »Ich denke, wir hatten schon bessere Zeiten.«

Reinhard lacht trocken, und ich füge zu meiner Verteidigung hinzu: »Du hast nie mit mir geredet.«

»Schon bessere Zeiten«, äfft er mich nach. »Nicht mit mir geredet. Ich werde Konkurs anmelden müssen. Zu deutsch: Wir sind pleite! Nicht mit dir geredet? Du hast dich nie für unsere finanzielle Lage interessiert, und außerdem bist du nicht belastbar.«

In meinem Kopf schwirren die Gedanken durcheinander. Ich spüre, dass er einen Plan hat. Er hat noch lange nicht aufgegeben. Der Krieg beginnt gerade erst.

»Das ist ungerecht«, widerspreche ich lahm. Ich will ihm nicht erklären, wie gerne ich mit ihm geredet hätte. Wie oft ich es versucht habe. Aber leise Töne hat Reinhard nie wahrgenommen. Vielleicht hätte ich schreien müssen. Aber so bin ich nicht.

Wenn ich anfinge, ihm das zu erklären, würde er es falsch deuten. Er würde annehmen, ich fordere nachträgliche Anerkennung und ich hätte noch immer mein altes Ziel: Ihm näherzukommen. Aber es ist vorbei. Ich werde gehen. Ich brauche nicht viel Geld. Ich will nur meine Freiheit.

»Ja, es ist ungerecht«, antwortet Reinhard lakonisch. »So empfinde ich das auch. Ich strampele mich ab und versuche, die Firma zu retten, und du fährst in den Urlaub und willst die Scheidung. Erklär mir mal, von welchem Geld du leben willst.«

»Ich brauche nicht viel. Wir haben das Haus in Ricklingen. Die Hälfte der Miete würde mir reichen und dann würde ich mir ...«

»Das Haus kannst du vergessen. Es ist mit einer Hypothek belastet.«

»Das Haus meiner Großeltern? Du hättest mich fragen müssen!«

Ich bin so fassungslos, dass mir die Worte fehlen. Reinhard hat das Haus ohne mein Wissen als Sicherheit eingesetzt.

»Da mussten schnell Entscheidungen getroffen werden. Sollte ich dich etwa vorher anrufen? Was soll das?

Aber weiter, was deine Zukunft betrifft, und apropos Hälfte. Natürlich gehört dir die Hälfte. Die Hälfte von allem. Zum Beispiel die Hälfte von unserem Schuldenberg.«

Er lacht. Dieses Mal klingt es unverhohlen gehässig.

»Wenn ich mir meine Sorgen und dein spätes …«, er sucht nach einem passenden Wort, »Coming-out betrachte, dann wird mir übel. Kotzübel. Du hast keinen Schimmer, was in der Realität abgeht. Davor habe ich dich immer bewahrt. Aber ich helfe dir mal auf die Sprünge. Du wirst von dem sogenannten Existenzminimum leben müssen. Es liegt jenseits deiner Vorstellungskraft, das kannst du mir glauben. Aber okay. Du ziehst das durch.«

Er beantwortet seine Frage selbst, bevor ich überhaupt Luft holen kann. »Du wirst davon bis zu deinem seligen Ende leben und bis dahin keinen müden Euro von dem Schuldenberg abgetragen haben. Stört dich wahrscheinlich nicht einmal. Aber Sandra wird sich bedanken. Sie sollte aufpassen, dass sie nicht zu viel verdient oder womöglich vermögend heiratet. Sonst wird sie für dich zahlen müssen. Abgesehen von den Schulden.«

Mein Gesicht brennt, als hätte er mich geschlagen. Ich fühle, wie meine Kraft mir entgleitet.

»Für dich doch wohl auch«, versuche ich mich zu wehren.

»Im Gegensatz zu dir habe ich einen Beruf. Als Ingenieur für Versorgungstechnik bekomme ich auch in meinem Alter noch eine Stelle. Ich kann für mich sorgen. Ich brauche nicht das Sozialamt zu bemühen. Durch die Schulden fällt eine Unterhaltszahlung an dich flach. Das sieht selbst unser Staat ein. Vielleicht gelingt es mir sogar, den größten Teil meiner Schuldenhälfte abzutragen, um Sandra zu schützen.«

In seiner Stimme liegt so viel Verachtung, dass ich alle Kraft brauche, um nicht augenblicklich in Tränen auszubrechen.

»Aber das Inventar? Die Firma ist doch nicht klein. Das kann doch nicht alles ...« Mein kläglicher Versuch scheitert, weil mir die Stimme versagt.

»Doch, es kann«, antwortet Reinhard wieder völlig ruhig.

Meine Pläne, meine Kraft, mein Mut. Mit ein paar Sätzen hat er alles zerschmettert und ich stehe mit leeren Händen da. Nichts als Schulden, und Sandra soll dafür büßen. Ich weiß, dass ich das nicht kann. Und er weiß es auch.

Ich kann die Tränen nicht mehr zurückhalten. Sie laufen über mein Gesicht und tropfen vom Kinn auf meinen Pullover. Ich lasse sie.

»Allerdings ist noch nicht aller Tage Abend«, lenkt Reinhard sanfter ein. »Ich habe einen äußerst lukrativen Auftrag im Visier. Was sage ich, es ist *der* Auftrag. Ein dicker Fisch. Wenn ich den an der Angel habe, sind wir saniert.«

Er trinkt einen Schluck, und ich warte, worauf er hinauswill.

»Allerdings nicht mit einer Scheidungsklage am Hals. Das bekommen die Aasgeier zuerst mit. Sie setzen dummerweise privates Versagen mit beruflichem gleich.«

Ich begegne meinem Blick im Innenspiegel und sehe einem Gespenst ins Gesicht. Ich habe verloren. Alles nur ein Traum, ein kurzer Traum. Privates Versagen, denke ich bitter.

Reinhard legt seine Hand auf meine. Ich ziehe meine vorsichtig zurück. Er lässt mich und gibt mir Zeit. Er weiß, dass er gewonnen hat. In diesem Punkt kennt er mich wirklich genau.

»In Ordnung«, sagt Reinhard, sein Gesicht lächelt.

»Über unser Zusammenleben können wir uns sicher einigen. Aber lass uns erst einmal nach Hause fahren.«

Nach Hause, denke ich und muss an Tomke, die betrunkene Maike und an Jochen denken. Ich kann sie nicht allein zurücklassen.

»Ich kann hier noch nicht weg!«, sage ich und wische mir die Tränen mit meinem Pulloverärmel vom Gesicht.

»Bitte«, stöhnt Reinhard. »Jetzt fang nicht wieder von vorne an.«

»Du verstehst nicht«, widerspreche ich, und etwas von der Kraft kommt zu mir zurück. »Auf dem Weg an die Nordsee habe ich einen Anhalter mitgenommen.«

»Einen Anhalter? Du?«

»Ja, ich.«

Und weil ich um nichts mehr kämpfen muss, sage ich ehrlich: »Ich war so unglücklich und einsam. Und er hat dir ähnlich gesehen.«

Reinhard nickt, als könne er das verstehen. Dabei wird es ihm nur bestätigen, dass ich ohne ihn nicht leben kann. Ich werde ihm nicht das Gegenteil beweisen können.

Er schenkt erneut sein Glas voll. Mir schießt der in dieser Situation wahrscheinlich unsinnigste Gedanke durch den Kopf: Wie viele Gläser sind eigentlich in einer 0, 7l-Flasche?

Reinhard lehnt sich zurück und fordert, ohne mich anzusehen: »Erzähl!«

Erzähl, denke ich. Wie großzügig. Er entscheidet einmal wieder, wann ich reden darf. Lass es, Teresa. Denk dich nicht in Wut. Es ist vorbei. Meine Zukunft wird anders sein. Anders, als ich sie mir vorgestellt habe. Keine Ahnung wie. Ich muss versuchen, einen Weg für mich zu finden. Aber Wut wird mir dabei nicht weiterhelfen.

Vorher muss ich eine Entscheidung für Jochen treffen. Die Zeit drängt. Wie soll ich Reinhard die Geschichte erklären? Gar nicht. Nur erzählen und zwar von Anfang an. Ich habe noch nie einen Anhalter mitgenommen. Es gibt zum Glück auch nicht mehr so viele. Nicht aus Angst vor ihnen, sondern weil ich allein sein will. Musik, Landschaft und meine Gedanken baumeln lassen. Das geht beim Fahren viel leichter.

»Bei Delmenhorst leuchtete die Tankanzeige auf. Ich bin auf die nächste Raststätte gefahren. Sie ist angenehm. Vor allem gibt es dort saubere Toiletten. Das wusste ich noch vom letzten Mal. Als ich zurückkam, stand er neben meinem Wagen. Er sah mich an, als habe er auf mich gewartet. Ich habe mich nicht bedroht gefühlt. Die Situation hatte eine Selbstverständlichkeit, und ich fragte ihn, wo er hin wolle? Er meinte, egal. Nur nicht zurück. Dann lächelte er: Am liebsten in den Norden an die See. Da will ich auch hin, antwortete ich. Er stieg ein und sagte, er heiße Jochen.

Jochen ist in deinem Alter und er ist obdachlos. Man sah es ihm auch an. Allerdings erst auf den zweiten Blick. Er erklärte mir, dass man ihm gerade sämtliche Papiere und seinen Schlafsack geklaut hätte. Seinen gesamten Besitz.«

»Diese Geschichte erzählen sie alle«, wirft Reinhard ungeduldig ein.

»Seine entsprach der Wahrheit«, widerspreche ich energisch.

»Warum ausgerechnet seine?«

»Er hatte nichts mehr zu verlieren und keinen Grund zum Lügen. Er hat seine Abschiedsfahrt gemacht und wollte ans Meer. Er war sehr traurig.«

Reinhard verdreht seine Augen in Richtung Wagendecke und atmet tief durch. Ich sehe zur Seite und konzentriere mich. Jetzt nur nicht verheddern. Einfach weitererzählen.

»Ohne, dass er diese Traurigkeit zu seinen Gunsten eingesetzt hat«, stelle ich entschieden klar.

»Ich sagte ihm, er müsse seine Papiere als vermisst melden und neue beantragen, sonst bekäme er Ärger. Da hat er gelacht. Es war so ein federleichtes Lachen. Es hat mich sehr berührt.«

Reinhard hüstelt neben mir und erinnert mich daran, wem ich diese Geschichte erzähle.

»Er meinte: Ärger ist nichts Neues für mich. Lieb von Ihnen, dass Sie sich Gedanken machen. Hat lange keiner mehr. Aber ich brauche keine Papiere mehr. Ich habe ihn erschrocken angesehen. Da hat er wieder gelacht. Nein, keine Sorge, nicht, was Sie denken. Ich möchte ans Meer. Da ist man frei.

Sein Lachen täuschte mich nicht. Mir war auf einmal klar, dass er nicht mehr lange zu leben hatte. Es hat ihm keine Angst gemacht. Das war das Faszinierendste für mich und hat mir meine eigene Unruhe genommen. Ich habe ihn noch gefragt, ob er keine Familie hätte. Nein, Familie ist lange her, sagte er und ich merkte, dass er nicht darüber sprechen wollte. Er fragte, ob ich Musik hätte. Musik und die Abendstimmung auf der Autobahn durch Ostfriesland.

Dann ist der Reifen geplatzt«, sage ich nur noch zu Reinhard. Er hätte eh nicht mehr länger zugehört.

Der Unfall ist in mein Gedächtnis gemeißelt. Ich spüre, wie ich durch die Luft getragen werde. Ohne ein bestimmtes Ziel. Wieder wundere ich mich, dass ich keine Angst hatte. Manchmal wünschte ich, ich wäre auch nicht angeschnallt gewesen.

»Und nun fühlst du dich verantwortlich. Kannst ihn nicht allein lassen«, rekapituliert Reinhard laut. Dass er die Fakten erkennt, bedeutet nicht, dass er sie auch versteht. Diesen Unterschied habe ich bei ihm erst spät erkannt.

»Die Geschichte ist noch nicht zu Ende«, sage ich und ignoriere sein gequältes: »Was denn noch?«

»Jochen wurde mit einem schweren Schädelhirntrauma eingeliefert. Dein Führerschein und deine Versicherungskarte lagen im Handschuhfach. Er wird auf der Intensivstation in Wilhelmshaven beatmet.«

Ich stocke kurz: »Unter deinem Namen.«

Schweigen. Ich warte. Höre förmlich, wie es in Reinhard arbeitet. Spüre seinen fragenden Blick und sehe weiter geradeaus in den Himmel.

»Unter meinem Namen?«, wiederholt er endlich. Anscheinend ist er so fassungslos, dass ihm nichts anderes einfällt.

Wieder Schweigen. Ich spüre, wie er sich mehr und mehr anspannt, um dann mit vor Wut zitternder Stimme zu fragen: »Und du hast das nicht richtiggestellt!?«

Ich biege instinktiv meinen Oberkörper zur Seite.

»Warum um alles in der Welt nicht?« Seine Stimme überschlägt sich. »Warum?«, wiederhole ich leise und versuche mich zu beruhigen. Seine Wut soll mich nicht erreichen.

»Ich habe mich wie in einem Film gefühlt. Oder besser ausgedrückt, vor einem Film. Es gehörte nicht zu mir.«

Ich denke an Tomke und Maike. Weil Jochen als Reinhard auf der Intensivstation lag, bin ich ihnen begegnet. Ich wollte sie nicht gleich wieder verlieren. Alles erschien plötzlich ein wenig leichter und ich war nicht mehr einsam. Ich habe diese Zeit gebraucht.

»Es hat mir in der Situation geholfen«, rutscht mir heraus und ich bereue es im gleichen Augenblick.

»Geholfen«, schnauzt Reinhard mich sofort an. »Du bist komplett verrückt geworden.«

»Vielleicht«, gebe ich ungerührt zu.

»Ist dir eigentlich klar, wobei er dir geholfen hat?«

Ich antworte nicht mehr. Warum soll ich versuchen, ihm etwas zu erklären? Er wird mich eh wie ein emotionales Wrack behandeln und weiß alles besser. Was seiner Meinung nach besser für mich ist. Nein, nicht noch mehr von mir preisgeben. Hier muss Schluss sein. Er weiß jetzt, dass ich ins Krankenhaus zurückfahren werde. Ob er es versteht oder nicht. Ich werde bleiben.

»Noch mehr Schulden am Hals zu haben! Dabei hat er dir geholfen«, bringt Reinhard seinen Satz zu Ende.

»Dieser Penner liegt nun erster Klasse, und die Kosten übernehmen wir!«

»Was soll's«, entgegne ich unbeeindruckt. »Er wird bald sterben.«

Reinhard will sich gerade sein Glas wieder vollschenken. Nun hält er in der Bewegung inne. Ich spüre wieder seinen Blick, als er mich auffordert: »Sag das noch einmal.«

Ich bin zu müde und überhöre, dass seine Stimme wieder einen sanfteren Ton angenommen hat.

»Jochen wird bald sterben. Spätestens, wenn sie die Beatmungsmaschine abstellen. Selbst die Atmung funktioniert bei ihm nicht mehr ohne Gerät.«

»Es geschehen manchmal noch Wunder«, murmelt Reinhard und schenkt sein Glas voll.

»Für Jochen nicht mehr«, entgegne ich ruhig.

»Ich rede auch nicht von ihm, sondern von uns.«

Jetzt lächelt Reinhard. Ich sehe ihn an, weil ich an eine Sinnestäuschung glaube. Aber er lächelt.

»Kann es sein, dass du jetzt verrückt geworden bist?«, frage ich vorsichtig.

»Ganz und gar nicht, meine Liebe.«

Jetzt lächelt er mir direkt in die Augen. Ganz intensiv. Das macht mir Angst.

»Wer hätte das gedacht«, lacht er und prostet mir zu.

»Dass du einmal durch deine Naivität den Karren aus dem Dreck ziehen wirst.«

Ich starre ihn an und habe keine Idee, worauf er hinauswill.

»Wir sind schuldenfrei«, flüstert er mir heiser zu. Er öffnet das Fenster: »Schuldenfrei!«, schreit er über den Deich in die Dunkelheit.

Ich spüre, wie ich eine Gänsehaut bekomme. Wie ich mich zu wappnen beginne.

»Ich habe eine stattliche Lebensversicherung. Das wusstest du auch nicht, aber okay.«

Er lacht leise in sein Glas.

»Ich wusste oft nicht, wie ich den nächsten Beitrag bezahlen sollte.

Ich wollte die Versicherung beleihen, aber ich habe noch gewartet. Das wird nun belohnt.«

»Ich verstehe kein Wort«, sage ich zögernd. Weil ich es nicht verstehen will. Er macht mir Angst und gibt mir das Gefühl, mit einem Fremden im Wagen draußen am Deich zu sitzen. Einem Fremden, der völlig unberechenbar reagiert.

»Nein, verstehst du nicht?«, Reinhards Stimme hat nun etwas Lauerndes.

»Dein Jochen stirbt unter meinem Namen. Und ich kassiere. Verstehst du nun?«

Mein Puls schießt wieder in die Höhe. Alle meine Instinkte sind auf Flucht programmiert. Aber ich bleibe steif sitzen und sage nur: »Du bist doch verrückt geworden.«

»Mag sein, aber ein schuldenfreier Verrückter«, räumt er gut gelaunt ein.

»Wie soll das funktionieren?«, frage ich und merke deutlich, wie die Panik in mir Oberhand gewinnt.

»Dich gibt es dann nicht mehr? Wie willst du weiterleben?«

»Gut werde ich leben. Ich bin nicht von meinem Namen abhängig. Selbstverständlich brauche ich deine Hilfe.«

Unvermittelt stellt er sein Glas in die Halterung und beugt sich zu mir herüber. Er umfasst mit beiden Händen meine Schultern und zieht mich zu sich heran. Seine Sektfahne streift mein Gesicht. Ganz nah.

»Das ist die Chance für einen Neuanfang«, flüstert er mir zu und beginnt, mit einer Hand meine Brust zu kneten. Ich winde mich aus seinem Griff. Mit ungeahnter Geschicklichkeit.

»Und Sandra?«, frage ich verzweifelt und hoffe, sie ist der Joker, der ihn zur Besinnung bringen wird.

»Es tut mir leid, aber Sandra ist erwachsen. Sie wird die Beerdigung von ihrem Vater verkraften. Außerdem ist sie eine starke Frau.«

Ich sacke zusammen. Er ist bereit, Sandra nie wieder zu sehen. An ihn und Sandra habe ich geglaubt. Auf das Band zwischen ihnen war ich immer eifersüchtig.

»Was starrst du eigentlich so fassungslos?«, fragt Reinhard. Er hat sich mit dem Sekt getröstet.

»Gerade hast du noch die Scheidung gewollt. Nun bekommst du sie frei Haus geliefert. Bist eine ehrbare Witwe und Schulden hast du auch keine mehr. Und deinem Penner schadet es nichts.«

Er lacht, und ich muss an eine Mephisto-Aufführung denken. Er wäre eine gute Besetzung gewesen.

Nein, mich bekommt er nicht. Ich reiße die Autotür auf und springe raus. Keine Minute länger kann ich so nah neben ihm sitzen. Die gleiche Luft atmen. Der Wind kühlt mein erhitztes Gesicht. Ich konzentriere mich auf das Meer, als erwarte ich von ihm eine Antwort.

Meine Gedanken schwirren in meinem Kopf wie ein Bienenschwarm.

Meine Panik macht es unmöglich, sie zu sortieren.

»Ich mache da nicht mit!«, schreie ich und Reinhard öffnet auch seine Seitentür.

»Ach, du machst nicht mit?«, grölt er zurück.

»Aber über eine Woche die Behörden irreführen, das konntest du. Was glaubst du, wie viele Möglichkeiten du hast? Vielleicht psychisch krank? Okay, das könnte funktionieren. Wunderbar. Mutter in der Klapse und Vater den Arsch voll Schulden. Vielleicht sogar im Knast.«

»Sei still!«, flehe ich ihn an.

»Erst wenn du vernünftig geworden bist, meine Liebe.«

»Sei still. Sei einfach still!« Mittlerweile heule ich und renne kopflos um den Wagen.

Reinhard setzt ein Bein aus dem Wagen. Er will auch aussteigen. Durch die Bewegung rutscht seine Brieftasche aus der Jackentasche. Reinhard bückt sich schwerfällig nach ihr. Der Alkohol zeigt seine Wirkung. Nachdem er sich wieder aufgerichtet hat, bleibt er sitzen und grinst mich an: »Ich bin erst still, wenn du aufhörst, so hysterisch zu sein, meine schöne Bonnie.«

Hysterisch denke ich: Bonnie und Clyde? Wir ein Gaunerpärchen? Vereint durch ein gemeinsames Verbrechen? Für immer! Und er wird erst still sein, wenn ich nicht mehr hysterisch bin. Hysterisch oder normal. Er wird das immer entscheiden. Streicheleinheiten zu seinen Bedingungen. Abhängig von seinem Wohlwollen. Abhängig. Lebenslänglich.

Das denke ich und setze mich schon in Bewegung. Sehe mir selbst zu, wie ich mit einem schnellen Satz und mit ganzer Kraft die Autotür vor sein grinsendes Gesicht knalle. Er versucht, dem Schlag zu entkommen. Sein Kopf bleibt zwischen Tür und Rahmen hängen. Das gibt ein unangenehm dumpfes Geräusch und macht mich schlagartig wach. Sein schlaffer Körper drückt gegen die Tür. Sie gibt nach und Reinhard sackt wie in Zeitlupe auf die Wiese. Quer über seinen Kopf läuft helles Blut aus einer breiten Platzwunde.

Das wollte ich nicht. Bitte, das wollte ich nicht. Warum ist er nicht einfach still gewesen? Warum hat er mich nicht ernst genommen? Da dreht er sich stöhnend und hebt langsam wieder seinen Kopf. Er sieht mich an.

In seinen Augen sind weder Verwunderung noch Angst zu erkennen. Nicht einmal eine Bitte. Nichts – nur zynische Verachtung. Ein schmales Lächeln umspielt seine Lippen. Dabei läuft ihm das Blut ungehindert über das Gesicht, tropft auf sein Hemd. Das gibt ihm die Ausstrahlung eines Psychopathen. Er setzt sich hin, als wäre nichts geschehen und sagt: »Gib mir den Verbandskasten und dann fahr endlich!«

Oh nein, ich werde nicht fahren. Nicht mit dir. Meine Augen sehen die Sektflasche, als meine Hand sie schon umfasst. Ich hole aus und schlage zu. Einmal. Zweimal. Wann ist man tot? Dreimal.

Ich heule laut dabei. Viermal. Bis er wirklich still ist. Sich nicht mehr bewegt und ich endlich in seinen Augen Verwunderung sehe. Sie sind starr.

Ich lasse die Sektflasche los. Sie landet mit einem dumpfen Geräusch im Gras. Ich beachte sie nicht. Ohne ein Gefühl in mir wahrzunehmen, stehe ich einfach nur da. Bis meine Hand, die eben noch brutal zugeschlagen hat, sich ausstreckt, sanft über seine Augen fährt und die Lider herunterdrückt. Mit einer Sicherheit, als würde sie das jeden Tag tun. Ich lasse mich neben ihm ins Gras fallen. Ziehe die Knie an, stütze meinen Kopf auf und betrachte ihn. Das Blut gerinnt nicht. Es läuft wie aus einer unerschöpflichen Quelle über sein Gesicht. Sammelt sich auf seinen Schultern und durchtränkt sein Hemd.

Das Bild beunruhigt mich nicht. Wie kann das sein? Warum wirkt er trotzdem so friedlich? Vielleicht ist es die Stille um uns herum.

Sie lässt mich atmen und ich kann endlich wieder das Meer hören. Gerade will ich lächeln, da gewinnt die Erkenntnis Raum: Du hast gerade deinen Mann umgebracht. Du sitzt neben seiner Leiche.

Im gleichen Augenblick spüre ich die Feuchtigkeit des Grases. Sie ist schon bis an meine Haut gedrungen. Wie lange sitze ich hier schon und starre ihn an?

Ich springe auf und taste mit den Augen die Dunkelheit ab, aber ich kann nichts Verdächtiges sehen. Wie gut, dass wir November haben. Ein lauer Sommerabend hätte den Deich mit Spaziergängern bevölkert. Sie hätten mich nicht davon abgehalten, das zu tun, was ich gerade getan habe – so etwas plant man nicht. Aber dann wäre mit Sicherheit schon die Polizei da.

Während ich das denke, erschrecke ich vor mir selbst. Wie kann ich mit der blutüberströmten Leiche vor Augen so kühlen Überlegungen nachgehen? Bin ich das? Oder ist das ein gesunder Überlebensinstinkt? Oder ist das der Anfang von geistiger Verwirrung?

Ich schüttele mich. Es ist vor allem nicht der richtige Zeitpunkt, sich solche Fragen zu stellen. Später. Ich schalte sie aus wie mein Gefühl. Dabei weiß ich nur eines sicher: Ich will nicht ins Gefängnis. Dann hätte ich auch bei Reinhard bleiben können.

Mechanisch wickele ich ihm meine Regenjacke um den Kopf, wuchte seinen Oberkörper zurück in den Sitz und schnalle ihn an. Dabei halte ich mein Gesicht so weit wie möglich von ihm entfernt. Schweiß sammelt sich auf meiner Stirn und bleibt an den Augenbrauen hängen. Bis er mir in schweren Tropfen über die Nase läuft und im Mund landet. Ich wische ihn nicht ab und schmecke das Salz.

Ich schließe die Seitentür und lehne mich für einen Augenblick erschöpft dagegen. Lasse den Wind über mein nasses Gesicht streichen, bis die Haut vom getrockneten Salz zu brennen beginnt. Meine Hände sind starr. Sie kleben. Blut. Sein Blut.

Ich hole mir die Mineralwasserflasche aus dem Kofferraum und lasse den Inhalt über meine Hände laufen. Der Eisengeruch bleibt. Das pelzige Gefühl an ihnen auch. Ich greife kurzentschlossen nach einer Flasche Bier von meinem vorsorglich gekauften Vorrat für einsame Zimmerabende. Sein herbes Aroma und das starke Prickeln der Kohlensäure tun mir gut.

Als ich neben ihm sitze, fühle ich mich so unwirklich wie nie zuvor. Das Motorgeräusch dringt in mein Bewusstsein. Den Gang einlegen und fahren. Der Deichweg ist schmal und holperig. Nur nicht zur Seite schauen. Einfach weiterfahren. Da erreicht mich ein Gedanke: Die Sektflasche! Sie liegt noch im Gras. Und seine Brieftasche? Wo ist die? Ich kann mich nicht erinnern, ob er sie noch aufgehoben und eingesteckt hat.

Das erste Haus taucht auf und der Weg wird breiter. Ich wende in der Einfahrt. Bitte lass niemanden herauskommen. Niemanden fragen, ob ich Hilfe brauche.

Wieder auf dem Weg zurück, scheint er plötzlich länger geworden zu sein. In mir steigt wieder Panik auf und zieht die Zeit unerträglich in die Länge. Endlich sehe ich die Birken. Wie gut, dass wir an so einem markanten Punkt gehalten haben. Ohne die Bäume hätte ich den Platz in der Dunkelheit nicht wiedergefunden.

Ich steige aus und brauche nicht lange zu suchen. Die Flasche liegt gut sichtbar im Kegel der Scheinwerfer. Und die Papiere?

Ich muss in seiner Brusttasche nachsehen. Ich kämpfe gegen aufkommenden Brechreiz. Die Zeit, ihn mit bloßen Händen anzufassen, ist vorbei. Es geht nicht mehr. Hektisch suche ich im Wagen und finde im Verbandskasten Handschuhe.

Mit spitzen Fingern ziehe ich sein Jackenrevers vor. Ich erkenne das Leder in seiner Brusttasche und lasse sofort wieder los. Als hätte ich mich verbrannt. Ich habe seine Körperwärme gespürt. Wie lange kann ein Leichnam die Temperatur halten?

Für einen Augenblick überfällt mich die irrsinnige Idee, er könne noch leben. Mich zum Narren halten und gleich wie ein Stehaufmännchen hochschnellen. Und mich töten. Er hätte das perfekte Alibi. Offiziell liegt er auf der Intensivstation in Wilhelmshaven.

Hör auf, Teresa. Seine Augen waren leer und tot. Du hast sie selbst geschlossen. Du hättest einen Reflex wahrgenommen. Soviel Körperbeherrschung hat niemand. Nicht einmal Reinhard. Ich zwinge mich, einen Moment still neben ihm sitzen zu bleiben und lausche in die Stille. Aber ich höre nur mein Blut rauschen und meinen eigenen viel zu schnellen Atem.

Als ich zum zweiten Mal an dem Haus vorbeifahre, lässt jemand die Außenrollos herunter. Ob sie mich gesehen haben? Sich vielleicht wundern? Worüber sollten sie sich wundern? Weil jemand zweimal an ihrem Haus vorbeigefahren ist? Die Menschen hier sind schließlich Touristen gewöhnt.

Als ich langsam durch Schillig fahre, ist mir längst klar, wohin ich will. Zu Tomke. Obwohl das verrückt ist. Sie ist eine verständnisvolle, wundervoll warmherzige Frau. Aber einen Mord? Ich muss mich konzentrieren, um den Wagen zu lenken. Sicher zu wirken. Nicht riskieren, dass ich angehalten werde. Jetzt nur nicht durchdrehen. Reinhard sieht neben mir aus, als würde er, in die Jacke eingekuschelt, schlafen. Niemand wird uns beachten.

Nach einer gefühlten Ewigkeit stehe ich in Tomkes Einfahrt. Ich hätte es keinen Meter weiter geschafft. Aber geschafft habe ich noch gar nichts. Wie soll ich ihr erklären, dass ich gerade meinen Mann umgebracht habe?

Kann man das überhaupt erklären? Sie wird mich für ein Monster halten. Oder für eine Wahnsinnige.

Ich sollte Reinhard irgendwo verscharren. Dazu bin ich nicht in der Lage. Ich will nur noch zu Tomke. Wenn sie die Polizei ruft, werde ich flüchten. Egal wohin. Einfach weg.

Mit steifen Beinen steige ich aus. Kein Blick mehr zur Seite. Ich hoffe, dass Tomkes Mann noch immer schläft oder fernsieht. Alles andere, nur nicht mit Tomke zusammensitzt.

Vor der Haustür suche ich vergeblich nach dem Schlüssel. Ich habe ihn im Handschuhfach vergessen.

Nichts könnte mich dazu bewegen, noch einmal zurückzugehen. Meine Hände zittern. Ich muss meine rechte Hand mit der linken festhalten, um den Klingelknopf zu drücken. Bitte mach auf, Tomke! Bitte lass mich nicht allein! Da geht die Tür auf und ich falle in ein schwarzes Loch.

Ein scharfer Geruch kribbelt in meiner Nase. Schnaps. Angewidert ziehe ich den Kopf weg und öffne meine Augen. Über mir das besorgte Gesicht von Tomke. Ich schließe und öffne noch einmal die Augen. Kein Traum. Ich liege mitten auf dem Flur. Auf dem Teppich. Betrunken? Wann habe ich so viel Schnaps getrunken?

»Es riecht ekelhaft«, murmele ich und Tomke nickt zufrieden.

»Ja, aber er war schneller zur Hand als mein Parfüm.«

Ich überlege weiter und die Erinnerung kommt schneller, als mir lieb ist.

Reinhard lacht. Überall Blut. Ich fahre hoch. Tomke drückt mich energisch zurück.

»Mal langsam. Erst in Ohnmacht fallen und dann gleich wieder losrennen. Komm, ich helfe dir. Was ist denn überhaupt passiert?«

Ihre Fürsorge tut gut. Ich möchte sie nicht verlieren. Schwerfällig taumele ich an ihrem Arm ins Wohnzimmer. Sie platziert mich auf dem Sofa.

»Ich brühe uns einen Tee auf«, sagt sie und lässt mich allein. Dafür bin ich dankbar. Ich brauche Zeit. Zeit, die mir auch nicht weiterhelfen wird. Reinhard ist nicht wieder lebendig zu machen. Warum habe ich nicht aufgehört, auf ihn einzuschlagen? Warum ist es überhaupt so weit gekommen? Meine Gedanken machen unnötige Umwege. Teresa, er ist tot. Du hast es so weit kommen lassen.

Tomke kommt mit einem Tablett zurück. Sie hat sich umgezogen und trägt eine ihrer geliebten Caprihosen und ein rosa T-Shirt mit einer Babykopfapplikation. Ich lächele sie dümmlich an.

»Du weinst ja«, höre ich Tomkes Stimme und spüre gleichzeitig, dass Tränen über mein Gesicht laufen. Sie stellt das Tablett auf dem Beistelltisch ab und setzt sich neben mich. Ihre Arme umschließen mich. Ich lehne mich scheu gegen ihren Busen. Ihre Hand beginnt, sanft meinen Nacken zu massieren. So möchte ich sitzen bleiben. Für immer.

»Nun sag schon!«, fordert sie mich resolut auf.

»Was ist passiert?«

Ich nehme Anlauf, räuspere mich und bekomme endlich »Reinhard ist tot« heraus.

»Oh«, sagt Tomke, »das tut mir leid.«

Ihre Hand beginnt, meine Schulterblätter in kleinen, kreisenden Bewegungen zu reiben, und sie sagt sehr mitfühlend:

»Die Realität haut einen dann doch um, nicht wahr? Auch wenn man denkt, dass man sich nicht mehr liebt oder gar nicht mehr braucht. Wenn der andere tot ist, dann ist es doch anders.«

Ich sehe sie verwirrt an und verstehe kein Wort.

»Haben sie dich angerufen?«, fragt sie und lässt mich los. Ich antworte nicht. Folge nur ihren Bewegungen. Wie sie in beide Tassen zwei dicke Kluntjes legt. Den heißen Tee darüber gießt. Höre, wie die Zuckerkristalle klirrend zerspringen.

Abschließend lässt sie mit einer zierlichen Schöpfkelle den Rahm wie eine Wolke über den Tee gleiten. Sie reicht mir eine Tasse. Ich kann sie nicht halten. Tomke stellt sie auf den Tisch zurück und nimmt mich wieder in den Arm.

»Reinhard sitzt draußen im Auto. Er ist tot. Ich wusste nicht, wohin mit ihm«, erzähle ich stockend.

Tomke lockert die Umarmung und reicht mir wieder die Teetasse.

»Nun beruhige dich erst mal und trink. Das tut gut.«

Ich fahre heftig mit beiden Händen hoch. Tomke muss schnell ausweichen, sonst wäre die Tasse mit dem heißen Tee durch die Luft geflogen.

»Verstehst du nicht?«, frage ich verzweifelt. »Reinhards Leiche sitzt im Auto vor deiner Haustür.«

»Ist ja gut«, versucht sie mich wieder zu beschwichtigen. »Wir können gleich zusammen in die Klinik fahren. Ich lasse dich nicht allein.«

Ich will gerade hochfahren, sie soll mich nicht wie eine Unzurechnungsfähige behandeln, da verstehe ich endlich. Sie hängt einem anderen Gedanken nach. Was sollte sie auch anderes denken. »Ach Tomke. Nein, du verstehst nicht, du kannst es auch nicht verstehen. Der Mann im Krankenhaus ist nicht Reinhard. Tut mir leid, dass ich das nicht früher gesagt habe. Aber ich dachte, ich hätte noch Zeit, dir alles zu erklären. Sie haben einen anderen Mann als Reinhard Garbers aufgenommen. Ein Zufall. Er war ein Anhalter, den ich mitgenommen hatte.

Ein Obdachloser. Der echte Reinhard stand vorhin vor der Tür, als ich spazieren gehen wollte. Wir sind rausgefahren Richtung Schillig, an den Deich. Ich war so mutig und wusste zum ersten Mal, was ich wollte. Die Scheidung. Aber er hat nur gelacht. Mir von unseren Schulden erzählt. Mich mit Sandra erpresst. Er wusste, ich würde das Sandra nicht antun. Dann habe ich ihm von Jochen erzählt, dem Mann im Krankenhaus, und er hatte die Idee, es bei der Verwechselung zu belassen. Um die Lebensversicherung zu kassieren. Um als lebender Albtraum in meinem Leben zu bleiben.

Mich weiter und weiter für immer und ewig abhängig zu halten. Ich wollte ihn nicht umbringen. Wirklich nicht. Aber er war nicht still. Er hat einfach nicht aufgehört. Er hat über mich gelacht. Wie eine Katze mit der Maus gespielt, und er war nicht still, verstehst du?«

Tomke antwortet nicht. Sie sieht mich nicht an, sondern starrt auf das Teetablett. Das gibt mir den Rest.

»Bitte, sag was. Ich kann dir das nicht so schnell richtig erklären. Ich kann mir vorstellen, wie sich das anhört«, bettele ich.

»Ich kann es wahrscheinlich nie richtig erklären. Schon gar nicht Sandra. Das Gemeine ist, für sie wäre ich geblieben. Nun hat sie einen toten Vater und eine Mutter, die eine …«

Ich kriege das Wort ›Mörderin‹ nicht über die Lippen.

»Er ist tot!«, wiederholt Tomke seltsam feierlich, steht auf und stellt sich an das Fenster. Sie dreht mir den Rücken zu und sieht nach draußen.

Ich verfolge jede ihrer Bewegungen. Wie hypnotisiert. Starre auf ihren Rücken und gäbe alles darum, zu wissen, was sie denkt.

»Willst du die Polizei rufen?«, frage ich gepresst. Ich halte die Spannung nicht mehr aus. Tomke schüttelt langsam den Kopf. Die Erleichterung lässt mich wieder weinen. Sie wird nicht die Polizei rufen. Der nächste Gedanke: »Aber was soll ich mit ihm machen? Hast du vielleicht ein Boot? Hier oben hat doch jeder ein Boot.«

Tomke dreht sich wieder zu mir herum: »Nein, ich habe kein Boot. Aber wir brauchen auch keins.«

Das hört sich an wie ein Plan. Ich hänge an ihren Lippen. Aber sie sagt nichts mehr.

»Nun sag doch endlich! Was soll ich machen?«, dränge ich sie.

»Langsam«, sagt sie beschwichtigend. »In der Langsamkeit liegt die Kraft.«

»Aber wir haben keine Zeit für Langsamkeit!« In meiner Aufregung schreie ich Tomke heftig an und bereue es sofort.

Sie widerspricht unerschüttert ruhig: »Doch, die ganze Nacht.«

Dann drückt sie mir die Teetasse in die Hand, und ich beginne, mechanisch zu trinken.

»Gut, dass du ihn hierher gebracht hast«, sagt Tomke. Es klingt wie ein Lob. Ich nicke, ohne zu verstehen, was daran gut sein soll. Aber Tomkes Stimme ist sanft wie ihr Streicheln und klingt wie ein Versprechen. Es ist gut, denke ich und beginne, mich in dem Gedanken zu verlieren. Da steht Tomke auf und sieht mich auffordernd an: »Schaffen wir ihn erst einmal ins Haus.«

»Ins Haus?«, meine Stimme ist ein hysterisches Kreischen. Ich kann es nicht verhindern.

»Was willst du mit ihm hier im Haus? Im Keller einmauern?«

»Nein«, antwortet Tomke gelassen.

»Dein Reinhard kommt in unser Familiengrab.«

»Jetzt bist du verrückt geworden.«

»Ganz und gar nicht«, widerspricht Tomke und setzt sich noch einmal neben mich.

»Wenn du vor einer Woche mit dieser Geschichte zu mir gekommen wärst, hätte ich dir ein starkes Beruhigungsmittel verpasst und nichts verstanden. Oder sofort die Polizei gerufen. Aber die Dinge ändern sich und die Ansichten auch. Mein Gerold ist auch seit einer Woche tot. Und er ist auch keines natürlichen Todes gestorben.«

»Du hast deinen Mann umgebracht?«, rekapituliere ich fassungslos.

Diese bodenständige Frau, zu der ich mich so vertrauensvoll hingezogen fühle, hat ihren Mann ermordet.

»Ja«, bestätigt Tomke leise und nimmt mir die leere Tasse ab. Sie schenkt noch einmal von dem würzigen Tee nach. »Ja, das habe ich.«

Sie reicht mir die Tasse und sieht mich ruhig an:

»Und wie war noch einmal die Todesursache bei deinem Mann?«

»Das war doch eher ein Unfall«, wehre ich erschrocken ab.

»Bei mir war es auch einer, weil alles völlig anders verlaufen ist als geplant.«

»Ich habe gar nichts geplant«, verteidige ich mich weiter und weiß, dass ich damit aufhören muss. Wir müssen zusammenhalten und nicht herausfinden, wer die Kaltblütigere von uns ist. Mord ist Mord und bleibt Mord.

»Du hast recht«, gebe ich leise zu.

»Ob geplant oder nicht, wir hatten wohl beide unsere Gründe. Und eine Geschichte, deren Anfang lange zurückliegt, und die anders hätte enden können. Enden sollen. Aber das haben wir nicht hingekriegt.«

Tomke sieht mich ernst an: »Ja, und wenn wir sie uns nicht im Gefängnis erzählen wollen, sollten wir rausgehen und deinen Mann reinholen.«

9

Der Wind hat zugenommen und fegt mir nasskalte Luft ins Gesicht. Ich bleibe fröstelnd stehen.

Warum müssen wir Reinhard überhaupt aus dem Wagen zerren? Allein die Vorstellung daran lässt mich noch mehr frieren und macht mir Angst. Am liebsten würde ich ihn samt Auto verschwinden lassen. Nie wieder etwas von ihm hören oder sehen. Als hätte es ihn nie gegeben. Naives Wunschdenken. Ich habe den Wagen gemietet. Das wäre ganz einfach zurückzuverfolgen. Davon abgesehen, verbinden mich 30 Jahre mit Reinhard. Zu viel Zeit von meinem Leben, um sie radikal zu verdrängen. Was bliebe dann noch übrig?

Ich gehe einen Schritt weiter, um gleich wieder stehen zu bleiben. Die Silhouette von Reinhard hat etwas Lebendiges.

»Es gibt doch sicher andere Möglichkeiten. Wir sind am Meer. Warum denn unbedingt ins Haus?«

Ich drehe mich um, und Tomke läuft gegen meine Brust. So dicht hinter mir habe ich sie nicht vermutet.

»Weil uns beiden damit geholfen ist«, antwortet sie ernst und hält mich für einen Augenblick in den Armen. Uns beiden geholfen, denke ich. Wie kann ihr geholfen sein, wenn sie die Leiche meines Mannes beherbergt?

»Guck nicht so, als würde ich Schwachsinn reden!« Tomke interpretiert meinen Gesichtsausdruck richtig.

»Ich weiß, wovon ich rede. Du hast keine Ahnung, wie schwer es ist, eine Leiche verschwinden zu lassen. Es passiert nicht jede Nacht, dass Straßenarbeiter dir schon eine Grube mit lockerer Erde vorbereitet haben. Und am nächsten Morgen bemerkt niemand etwas, und die Stelle wird frisch asphaltiert.«

»Dein Mann, du hast ihn verbuddelt?«, stottere ich.

Tomke nickt: »Ja, in der Nähe der Stumpenser Mühle.«

»Warum sollten wir nicht noch einmal Glück haben? Tomke, bitte! Lass es uns versuchen.«

Sie schüttelt energisch den Kopf.

»Nein, wir bleiben hier. Kopfloses Handeln bringt uns nicht weiter. Mein Glück hat nämlich einen Haken. Einen ganz entscheidenden.«

Sie gibt ihrer Stimme einen warnenden Unterton, den ich zu überhören versuche.

»Was für einen Haken? Ich verstehe das alles nicht«, lamentiere ich weinerlich. Diesen Ton hasse ich an mir, und ich spüre, er geht Tomke auch auf die Nerven.

»Das brauchst du auch noch nicht zu verstehen.« Sie packt mich resolut an den Schultern und dreht mich wieder in Richtung Wagen.

»Jetzt reiß dich zusammen!«

Sie kann nur mühsam ihre Ungeduld verbergen. Und sie hat recht. Ich sollte mich langsam zusammenreißen. Schließlich hat sie einen Plan. Solange ich keinen eigenen habe, sollte ich einfach ihren befolgen.

Es fängt an zu regnen. Ich bleibe stehen und schließe die Augen.

»Fahr endlich den Wagen in die Garage!«, treibt Tomke mich weiter an. »Von dort können wir ihn mit einer Schubkarre ins Haus transportieren.« Sie strahlt die Sicherheit einer Feuerwehr-Einsatzleiterin aus. Aber ihr Mut springt nicht auf mich über. Im Gegenteil, er macht mich noch hilfloser.

»Mach du das!«, flehe ich sie an. »Ich kann nicht noch einmal in den Wagen.«

»Du schaffst das. Immerhin hast du das Auto auch bis hierher gefahren«, erinnert mich Tomke ungerührt.

Wie habe ich das nur geschafft? Ich sehe mich wie in einem Film. Das kann unmöglich ich gewesen sein, die ihm die Regenjacke um den Kopf gewickelt hat. Die seinen Körper angeschnallt, sich neben ihn gesetzt hat und gefahren ist. Das Entsetzen scheint sich rückwirkend zu entwickeln und immer größer zu werden.

»Wo sind die Schlüssel?«, höre ich Tomke fragen.

»Ich glaube, die stecken«, antworte ich hastig, mit der vagen Hoffnung, sie könnte mir doch die Aufgabe abnehmen. Aber sie sagt nur: »Dann setz dich endlich rein und fahr! Worauf wartest du?«

Auf Schnee, antworte ich in Gedanken. Das hätte jedenfalls meine Mutter gesagt.

Tomke ist mit schnellen Schritten in der Garage verschwunden. Sie ist so engagiert, als ginge es hier um ihre Leiche und nicht um meine. Meine Leiche, denke ich. Was für ein absurder Gedanke. Mein Mann. War er einmal mein Mann? Hör auf, Teresa. Für solche Überlegungen hast du später Zeit. Nicht jetzt. Gib dir einen Ruck. Du schaffst das! Wann hat das zum letzten Mal jemand zu mir gesagt?

Ich öffne entschlossen die Fahrertür. Eine dichte Geruchswolke strömt mir entgegen und ich zucke zurück. Widerlich süß. Geronnenes Blut. Mir dreht sich augenblicklich wieder der Magen um. Hilfesuchend sehe ich zu Tomke. Doch die steht schon in der geöffneten Garage und wartet, beide Hände in die Hüften gestemmt. Keine Chance, mich zu drücken. Ich lasse die Fenster herunter und setze mich an den äußeren linken Rand des Fahrersitzes. Nicht so tief einatmen, denke ich. Und auf keinen Fall zur Seite schauen. Dabei werde ich das irrationale Gefühl nicht los, dass er mich beobachtet.

»Blödsinn«, spreche ich mir laut Mut zu. Der Klang meiner eigenen Stimme lässt mich zusammenfahren. Sie klingt hohl, als befände ich mich in einer Gruft.

Der Schlüssel steckt wirklich noch. Ich drehe ihn, der Motor wird gezündet, und ich lege den Gang ein. Mein Fuß zittert so stark, dass er keinen gleichmäßigen Kontakt zum Pedal halten kann. Ein Ruck – und der Wagen steht wieder.

Ich umklammere das Lenkrad und versuche, mich zu beruhigen. Wind fegt wohltuend frische Luft durch die beiden Fenster und macht das Atmen leichter.

Der nächste Versuch ist erfolgreich. Der Wagen beginnt, langsam zu rollen. Ich visiere das Ziel an und sehe starr geradeaus. Bloß nicht nach rechts. Einfach nur rein in die Garage und dann raus aus dem Auto. In der Garage lässt mich aufkommende Erleichterung für einen

Moment meine Angst, ihm nahe zu kommen, vergessen. Meine Hand streift seine Schulter. Ich stoße einen spitzen Schrei aus. Er lacht: »Du glaubst doch nicht im Ernst, dass du mit dieser Nummer durchkommst?«

»Doch, das glaube ich!«, schreie ich ihn an, winde mich aus der Tür und stürze an der verdutzten Tomke vorbei nach draußen. Ich schaffe es gerade noch bis zum nächsten Blumenkübel, um dann im Schwall zu erbrechen.

»Jetzt ist die Margerite hin«, bemerkt Tomke trocken und stellt sich neben mich an die Hauswand. Gegen meinen Willen muss ich fast grinsen. Wie kann Tomke in dieser Situation noch so was wie Humor haben?

Sie zieht aus ihrer Hosentasche eine Tüte mit Pfefferminz und bietet mir ein Bonbon an.

»Hör zu, Teresa«, sagt sie ganz sanft und legt ihren Arm um meine Schulter.

»Ich habe in der Nacht, als ich Gerolds Leiche im Kofferraum hatte, auch geheult und gekotzt.«

Sie reißt sich nur zusammen, denke ich beschämt. Reißt sich für mich zusammen. Ich umfasse ihren Arm und drücke meinen Kopf dagegen. Sie erwidert den Druck.

»Heute Nacht sind wir zu zweit. Wir schaffen ihn jetzt ins Haus. Schließlich können wir hier nicht ewig vor dem Bewegungsmelder hocken. Die Nachbarn sollen erst morgen erfahren, dass etwas passiert ist.«

Bei den letzten Worten löst sie sich von mir und geht. Ich folge ihr widerspruchslos. Obwohl sie schon wieder in Rätseln gesprochen hat. Was sollen die Nachbarn erst morgen erfahren? Ich kann den Gedanken nicht verfolgen, ich brauche meine ganze Aufmerksamkeit, um die neu aufkommende Übelkeit zu bekämpfen.

Die Garage ist geräumig und hell. Erst jetzt fällt mir auf, dass sie bis eben leer war.

»Habt ihr kein Auto?«, frage ich.

»Den Wagen hat meine Tochter«, antwortet Tomke knapp, rauscht an mir vorbei und öffnet die Beifahrertür.

»Was soll die Regenjacke?«, fragt sie und ihre Hand greift schon danach, um sie ihm vom Kopf zu ziehen.

»Lass sie dran!«, schreie ich entsetzt. Mein Hirn bietet mir eine Palette von gruseligen Möglichkeiten, wie sich sein Gesicht inzwischen verändert haben könnte.

»Ich bin nicht sicher, ob sein Schädel ohne die Jacke nicht auseinanderfällt«, gebe ich zitternd meine schlimmste Befürchtung preis. Tomkes Hand zuckt zurück, als hätte sie sich verbrannt. Sie sieht mich nachdenklich an. Ich schaue zur Seite.

So viel Brutalität hat sie mir nicht zugetraut. Das spüre ich deutlich. Ich mir selbst ja auch nicht. Aber für solche Bekenntnisse ist jetzt keine Zeit. Tomke dreht sich um und geht wortlos zu einem Regal. Sie kommt mit einem Stapel Plastikmüllsäcken zurück, legt einen in die Schubkarre und einen stülpt sie ihm über Regenjacke und Kopf.

»Sicher ist sicher«, sagt sie. Ohne mich anzusehen, reicht sie mir ein Paar Gartenhandschuhe. Ich ziehe sie an und warte. Beobachte, wie sie die Schubkarre neben der offenen Seitentür platziert, sie immer wieder hin- und herschiebt, den Kopf schüttelt und schließlich sagt: »Ich habe es mir leichter vorgestellt, weil es ein Dreitürer ist. Aber hier ist zu wenig Platz für uns beide, um ihn in die Karre zu ziehen.«

Sie sieht mich wieder direkt an: »Hast du eine Idee?«

»Ich?«, frage ich entgeistert. Als wären wir hier mit einer größeren Gruppe und ich wäre die Letzte, der man zu dem Thema eine Frage stellen könnte.

Tomke wendet sich resigniert von mir ab. Von mir ist keinerlei Hilfe zu erwarten.

»Vielleicht können wir es mit diesem Erste-Hilfe-Griff machen«, stammele ich. »Diesen Griff um den Oberkörper, den kennst du doch?« Während ich das vorschlage, weiß ich, dass ich das nicht kann. Ihn noch einmal so nah umfassen. Und das will ich auch nicht. Tomke wiegt abschätzend ihren Kopf, sieht zu Reinhard und der Schubkarre und erklärt zu meiner großen Erleichterung: »Das schaffen wir nicht. Dabei rutscht er uns höchstens auf den Boden. Dann haben wir es noch schwerer.«

»Ich könnte ihm von der Fahrerseite aus einen Schubs geben«, verkünde ich hastig und fühle mich so mutig, als hätte ich gerade einen Bungeesprung angekündigt.

»Das könnte klappen«, gibt Tomke anerkennend zu und ich fühle mich gelobt wie für eine gute Note in der Schule.

»Aber lass mal. Das mache ich«, entscheidet sie und geht auf die andere Seite. Ich beobachte seltsam fasziniert, wie sie sich auf den Fahrersitz kniet und den Gurt löst.

»Halt die Karre fest«, holt sie mich aus meiner Erstarrung, und ich kralle mich an den Griffen fest.

Tomke gibt ein kraftvolles Stöhnen von sich, und Reinhards Oberkörper landet mit einem dumpfen Geräusch in der Schubkarre. Nur seine Beine klemmen noch unter dem Handschuhfach fest.

»Was jetzt?«, schreie ich los, aber Tomke ist schon neben mir. Sie beugt sich weit über ihn, packt kräftig ein Hosenbein und versucht, es anzuheben.

»Du musst mitziehen«, fordert sie. »Er merkt es nicht mehr.«

Ich nicke und packe beherzt nach seinem Hosenbund.

»Auf drei!«, kommandiert Tomke, und ich halte mich an den Zahlen fest.

»Eins! Zwei! Drei!«

Während wir den Rest von ihm herauszerren, müssen wir aufpassen, dass sein Kopf nicht wieder aus der Karre rutscht. Mittlerweile fasse ich, was ich von ihm zu fassen kriege, und denke nicht mehr nach.

Als er endlich mit eigenartig verrenkten Extremitäten in der Karre liegt, erinnert das Bild mich an eine Komödie mit Doris Day und Rock Hudson in den Hauptrollen. Aber ihnen würden sicher keine Schweißperlen in die Augen tropfen, und sie hätten auch keine Bedenken, dass aus der Plastikkonstruktion Blut tropfen könnte. Ihre Szene hätte Leichtigkeit und wäre vollkommen sauber.

Zum Glück verbindet eine großzügig geschnittene Tür die Garage mit dem Haus. Ich schiebe und Tomke läuft nebenher und balanciert seinen Körper aus.

»Wo soll er denn hin?«, frage ich keuchend, als wir auf dem Flur stehen.

»Ins Fernsehzimmer!«

Ausgerechnet. Ich muss an Gerold Heinrich denken. Oder wen habe ich gestern hier sitzen sehen?

Der Fernseher läuft und im Sessel sitzt wieder …

Ich bleibe stocksteif stehen.

Tomke winkt ab und eilt nach vorn. Sie greift zu und hält einen mannsgroßen Teddy in ihren Armen. Er landet unsanft in der Zimmerecke. Wortlos weist sie auf das Sofa.

»Können wir ihn nicht in der Schubkarre lassen?«

Die Vorstellung, noch einmal an ihm herumzuzerren, entzieht mir für einen Augenblick alle Energie.

»Nein, können wir nicht. Wenn erst die Leichenstarre einsetzt«, Tomke zögert, »dann passt er so verbogen in keinen Sarg.«

Ich sehe sie entsetzt an: »So schnell geht das?«

Tomke zuckt mit den Achseln. »Keine Ahnung. Aber so können wir ihn auf keinen Fall liegen lassen.«

Ich widerspreche nicht mehr und packe einfach mit an. Wir hieven ihn mithilfe der Mülltüte als Trage von der Schubkarre auf das Sofa. Das klappt leichter als erwartet.

Geschafft, denke ich. Was auch immer. Tomke wischt sich mit dem Arm über die Stirn, und ihr roter Pony steht hoch, als wäre er mit Haarspray fixiert. Bevor so etwas wie Feierabendstimmung aufkommen kann, verkündet sie: »Ich hole einen Eimer und Verbandzeug.«

Eimer und Verbandzeug, klingt es in meinem Kopf nach. Verzweifelt versuche ich, mich auf die Bilder im Fernsehen zu konzentrieren, um mir nicht vorstellen zu müssen, was sie damit vorhat.

Es läuft gerade eine von diesen Kochsendungen. Ein junger Mann, umgeben von einem ganzen Meer aus Kräutern, richtet eine Vorspeise an. Ich beobachte gebannt, mit welcher Geschwindigkeit er Mozzarella in Scheiben schneidet. Dann pflückt er aus seinem Küchengarten Basilikumblätter und legt sie geziert auf den Käse. Den Clou dieses Rezeptes bildet abschließend je eine Erdbeere. Der Fernsehkoch will gerade verkünden, was zum krönenden Schluss fehlt, da ist Tomke wieder da und schaltet den Fernseher aus.

»Komm«, sagt sie nur.

»Wir müssen ihn ein bisschen fertig machen. Vor allem muss die Tüte von seinem Kopf.«

Ich weigere mich zu begreifen, was sie sagt, und starre weiter auf den schwarzen Bildschirm.

»So nimmt uns das kein Arzt ab«, sagt sie eindringlich.

»Arzt?« Ich wache endlich auf.

»Ja, Arzt. Ohne Arzt gibt es keinen Totenschein.«

Ich sehe sie an, als spräche sie plötzlich in einer fremden Sprache, und genauso fühlt es sich auch an.

»Pass auf, Teresa. Ich erzähle dir gleich meine Geschichte, aber erst müssen wir ihn fertig machen. Vertrau mir einfach.«

Ich sehe ihr ins Gesicht. Es ist kalkweiß.

Entschlossen nehme ich ihr den kleinen Eimer aus der Hand und wende mich Reinhard zu: »Gut, aber das mache ich.«

10

Tomke reicht mir ein Duschgel und sagt: »Riecht ein bisschen intensiv, aber ...«

Ich habe verstanden und es sofort mit nach oben genommen. Nun hängt im Badezimmer ein aufdringlicher, undefinierbarer Blütenduft, aber dafür bin ich dankbar. Er legt sich wohltuend über die Geruchserinnerung der letzten Stunden.

Wir haben ihm zusammen erst die Plastiktüte und dann die Regenjacke vom Kopf gezogen. Beide angespannt, darauf eingerichtet, etwas Schreckliches sehen zu müssen. Aber unsere Fantasie war viel grausamer als die Realität. Die erschien dagegen beinahe harmlos. Sein Gesicht war kaum wiederzuerkennen. Die Augen geschlossen. Das hat es mir leichter gemacht. Das Blut war in einer dicken Schicht bis auf seine Brust gelaufen und noch feucht. Es glänzte wie frisch gestrichener Lack. Sein Kopf war eigentümlich verformt und die breite Platzwunde klaffte unverändert. Er ist zu schnell nach der Verletzung gestorben, es konnte sich kein Schorf mehr bilden. Wir haben sie mit einer Kompresse und Pflaster versorgt.

Dann habe ich das Blut vorsichtig abgewaschen. Das Schlimmste dabei war der Geruch. Den werde ich nie vergessen. Die freigelegte Haut schimmerte blau unterlaufen. Besonders um die Augenpartie. Es sah aus wie eine überdimensionale dunkellila Brille.

Am liebsten würde ich unter dem dampfenden Wasser stehen bleiben und mich immer wieder neu mit der orangefarbenen Lotion einschäumen.

Doch wir sind noch nicht am Ziel. Wir müssen den nächsten Schritt gehen. Einen, von dem ich immer noch nicht verstanden habe, wie er genau aussehen soll. Tomke macht so einen zuversichtlichen Eindruck. Aber ich möchte endlich selbst verstehen, wie es weitergehen soll. Weitergehen. Aus der Ferne schaltet sich der Gedanke an Sandra ein. Ich knipse ihn schnell wieder aus. Eins nach dem anderen. Ich gehe die Treppe hinunter. Wie am Morgen hängt frischer Kaffeegeruch in der Luft. Wie am Morgen. Seitdem hat sich alles verändert.

Zum ersten Mal denke ich wieder an Maike. Wir hatten ihre Tür zugezogen. Ich drücke vorsichtig die Klinke herunter. Maike schnarcht friedlich. Im Zimmer hängt die abgestandene Luft einer Kneipe. Gut, denke ich. Schlaf schön weiter. Dich können wir jetzt wirklich nicht gebrauchen.

Am Fernsehzimmer gehe ich vorbei, ohne einen Blick zur Seite zu werfen.

Tomke hat in der Küche den Tisch gedeckt. Das ist mir recht. In dem großen Wohnzimmer würde ich mich verloren fühlen. Hier auf dem Stuhl zwischen Wand und Fenster fühle ich mich sicherer. Ich setze mich und lausche dem vertrauten Gurgeln der Kaffeemaschine.

Eine Tür klappt, und Tomke kommt herein. Ihr Haar ist ungefönt und nach hinten gekämmt. Das lässt ihr

Gesicht schmaler und verletzlicher erscheinen. Der eigenwillige Schlaf- oder Hausanzug aus türkisfarbenem Frottee erinnert, wie alle ihre Kleidungsstücke, an eine vergangene Zeit.

»Das hat gutgetan«, sagt sie und nimmt die Kaffeekanne aus der Maschine.

»Du bist sicher, dass du schon wieder Kaffee verträgst?«, fragt sie mich mit einem prüfenden Blick.

»Ganz sicher. Das hat nicht an meinem Magen gelegen.«

Tomke nickt und stellt Kaffee, Milch und Honig vor mich auf den Tisch. Die Selbstverständlichkeit, mit der sie weiß, wie ich meinen Kaffee mag, tut gut. Der erste Schluck Milchkaffee auch.

Tomke holt ihr Teestövchen, Kluntjes und Sahne und stellt es auf ihre Seite. Dazu legt sie eine große Tafel Schokolade. Ich warte, bis sie sitzt und ihren Tee vorbereitet hat.

Doch bevor ich fragen kann, geht die Andeutung eines Lächeln über ihr Gesicht: »Du hast es noch immer nicht verstanden, nicht wahr?«

Noch immer nicht verstanden. Zu langsam im Begreifen. Diese Worte habe ich zu oft gehört, und normalerweise bedeuten sie für mich Rückzug. Bei Tomke klingen sie liebevoll, und ich ziehe nur die Achseln hoch und sage: »Stimmt. Ich wollte dich gerade fragen.«

Sie schiebt sich ein dickes Stück von der Schokolade in den Mund, dann mir die Packung rüber: »Nimm! Dunkle Schokolade ist gut für die Nerven.«

Ich winke ab und sehe sie erwartungsvoll an.

»Gerold ist seit einer Woche tot, und seine Leiche liegt unter einer dicken Asphaltschicht. Das habe ich dir schon erzählt. Seit heute Abend hoffe ich, dass er für immer dort bleiben wird. Falls sie ihn doch bei den nächsten Rohrleitungsarbeiten finden, dann wird niemand ahnen, wer er ist. Sie werden nicht wissen, nach wem sie suchen müssen.«

»Aber dein Mann wird doch«, ich zögere, »er wird doch sicher vermisst.«

»Das ist genau der Punkt. Wird er nicht. Weißt du, vorhin in Hohenkirchen, da wollte ich ihn schon als vermisst melden. Aber ich habe mich nicht getraut. Was für ein Glück. Gerold war keiner, der vom Zigarettenholen nicht nach Hause kommen würde, um ein neues Leben anzufangen. Das weiß hier jeder. Er wäre höchstens im Krankenhaus oder in der nächsten Kneipe gelandet. Das weiß auch jeder. Bei einer Vermisstenanzeige bliebe immer ein Verdacht kleben. Bei seinem Leichenfund hätten sie sich an sein Verschwinden erinnert und die Zahnärzte abgeklappert. So machen sie es jedenfalls in allen Krimis und vermutlich auch in Wirklichkeit. Aber so ist er ein Unbekannter und kann es auch bleiben. Sie werden nie auf ihn kommen, weil er ja offiziell schon tot ist und ordentlich beerdigt. In der Firma habe ich ihn krankgemeldet. Krank passt am besten zu unserer Geschichte, denn nun ist er tot.«

Ich sehe sie unsicher an.

»Du verstehst immer noch nicht?«

Ich schüttele den Kopf: »Ehrlich gesagt, klingt das sehr verworren.«

»Überhaupt nicht«, widerspricht Tomke. »Dieser Mann, der als Reinhard Garbers im Krankenhaus liegt, vermisst den jemand?«

»Nein, Jochen sagte, Angehörige, das wäre lange her.«

»Gut für uns«, sagt Tomke zufrieden.

»Er wird nicht mehr aufwachen?«, vergewissert sie sich und fixiert mich mit ihren grünen Augen.

Ich versteife mich. Ihre Fragen klingen so berechnend und kalt. Sie erinnern mich an das letzte Gespräch mit Reinhard.

»Nein«, sage ich ablehnend. »Das wird er sicher nicht. Und das ist traurig genug.«

Tomke legt ihre Hand auf meine.

»Hey, versteh mich nicht falsch. Ich wünsche ihm nichts Schlechtes. Wir werden lediglich seinen Zustand für uns nutzen. Dieser Mann wird sterben. So oder so. Du wirst ganz legal seine Witwe und brauchst den da nebenan nicht mehr.«

Tomke macht eine wegwerfende Kopfbewegung Richtung Fernsehzimmer.

»Nun sieh mich nicht an, als wäre ich ein Monster. Ich möchte doch auch nur eine rechtmäßige Witwe werden.«

Ihre Augen verlieren für einen Augenblick alle Energie: »Sonst war alles umsonst.«

Ich schenke mir Kaffee nach und beginne zu verstehen. Auch wenn sich einiges in mir gegen diese Lösung sträubt: Tomke hat recht. Die Umstände bieten sich regelrecht an. Und es wäre dumm, sie nicht zu nutzen.

»Du willst meinen Mann in eurem Familiengrab bestatten lassen. Das war kein Scherz«, denke ich laut.

Tomke nickt. Dann zögert sie und sieht mich fragend an: »Das stört dich doch nicht, ich meine, gefühlsmäßig?«

Ich horche einen Augenblick in mich hinein.

»Nein«, antworte ich ehrlich. »Ich habe keine moralischen Bedenken. Ich kann mir nur einfach nicht vorstellen, dass wir damit durchkommen. Es gibt noch so viele Stolpersteine. Hast du keine Angst?«

»Doch«, gibt Tomke unumwunden zu. »Sogar eine Scheißangst. Aber wir haben nur diese eine Chance, und weißt du was, die werden wir beim Schopf packen!«

Tomke bricht die Schokolade in kleine Stücke und drapiert sie im Kreis auf die Tischdecke. Ich starre auf ihre Hände. Die Bewegungen haben etwas Beruhigendes. Wir haben wirklich nur diese eine Chance. Es bringt nichts, sie aus Angst nicht zu nutzen. Dafür ist es ohnehin zu spät. Und was kann schon noch passieren außer …

»Gut«, sage ich und nehme mir ein Stück von der Schokolade. »Überlegen wir weiter. Reinhard war eine Woche in der Heide an irgendeinem kleinen See. Allein. Er war dort zum ersten Mal und es kennt ihn niemand.

Eine Flucht vor seinen Problemen und weil er sich über mich geärgert hat. So eine Art Strafmaßnahme, damit ich ihn nicht finden konnte. Nun ist es zu unserem Vorteil.«

Tomke lächelt mich anerkennend an. Sie ist erleichtert. Ich spüre, wie gut es ihr tut, mich nicht mehr überzeugen zu müssen. Ich kann nur ahnen, wie viel Kraft sie das gekostet hat.

»Und wenn ihn doch jemand erkannt haben sollte, dann …«

»Daran habe ich überhaupt nicht gedacht«, unterbricht mich Tomke beunruhigt. Dieses Mal lege ich meine Hand auf ihre.

»Dann ist es unwichtig«, sage ich sanft.

»Bei uns zu Hause war Reinhard nicht mehr. Er hat nur das Band abgehört und kein Wort draufgesprochen. Weil er sich über meinen Spruch und meine Abwesenheit geärgert hat. Niemand weiß genau, wann der Unfall passiert ist. Das könnte genauso gut erst gestern Abend gewesen sein. Da wird niemand nachforschen. Warum auch? Selbst in dem Fall, dass Reinhard gestern noch jemandem begegnet ist, der ihn kannte. Sie werden die Todesanzeige in der Zeitung lesen und keine Fragen stellen.«

Eigentlich ist offiziell noch niemand tot, denke ich. Weder Gerold noch Reinhard noch Jochen.

Mein Blick streift die Küchenuhr. Es ist schon nach Mitternacht.

»Wann willst du eigentlich den Arzt anrufen?«

»Am besten erst gegen 3 Uhr morgens. Dann ist er noch müde und wird schnell wieder ins Bett wollen. Ich glaube, das ist eine gute Zeit für eine Leichenschau.«

Leichenschau. Das Wort beschleunigt sofort wieder meinen Herzschlag. Unsere Konstruktion hat noch zu viele Lücken. Ich versuche, die erneut aufkommende Welle aus Angst zu unterdrücken. Vielleicht wirkt Tomke nur so überlegen, weil sie langsam durchdreht. Oder warum übersieht sie so wichtige Dinge?

»Tomke«, beginne ich so vorsichtig, als hätte ich wirklich Bedenken, ihr die Wahrheit zuzumuten.

»Dein Hausarzt kennt doch deinen Mann?«

Ich warte auf ihre Reaktion. Dass sie zusammenbricht, weil sie diese entscheidende Tatsache total vergessen hat.

Aber sie steckt sich vollkommen ruhig noch ein Stückchen Schokolade in den Mund und antwortet dann:

»Ja, das tut er. Aber er wird nicht zur Leichenschau kommen. Er ist länger im Urlaub. In der Praxis ist eine fremde Vertretung.«

Ich atme erleichtert aus. Tomke weiß also genau, was sie tut.

»Was willst du ihm eigentlich erzählen?«, frage ich weiter.

»Die Wahrheit natürlich«, antwortet Tomke. Sie steht auf und stellt zwei Gläser und eine Flasche mit Wasser auf den Tisch.

»Die Wahrheit?«, wiederhole ich zweifelnd.

»Ja, die Wahrheit. Wir erzählen ihm, Gerold hat im Zuckerschock gekrampft. Er war allein. Draußen in der Garage. Dabei hat er sich schlimm verletzt. Wir haben davon nichts mitbekommen. Mir ist erst beim Schlafengehen aufgefallen, dass er nicht in seinem Bett lag. Es ist so spät geworden, weil wir uns festgequatscht hatten. Frauen eben! Verwirrt und erschrocken, wie wir waren, haben wir ihn erst einmal ins Fernsehzimmer geschleppt. Da war es schon lange zu spät.«

»Zuckerschock? Das ist doch total unglaubwürdig. Zuckerschock ist ein leichter Tod. Da verletzt man sich doch nicht?«

Tomkes Gesicht wird von einer Sekunde zur anderen so düster, als habe man in ihm alle Lichter gelöscht.

»Ein leichter Tod?«, wiederholt sie bitter. »Das habe ich auch gedacht, als ich ihm das Insulin gespritzt habe. Leider war das ein schwerer Irrtum.«

Tomkes Augen glänzen verdächtig. Betroffen weiche ich ihnen aus. Ich betrachte das Licht- und Schattenspiel des Teelichtes. Dann schaue ich aus dem Fenster. An der Scheibe laufen dicke Tropfen hinunter. Es regnet noch immer. Aber mein Blick landet schnell wieder in ihrem Gesicht.

Sie hat mich anscheinend die ganze Zeit angesehen und fragt nun: »Was denkst du?«

Ihre Augen strahlen wieder diese unwiderstehliche Kraft aus, und mir fallen keine Ausflüchte ein.

»Es kommt mir alles so unwirklich vor. Ich kann mir das einfach nicht vorstellen. Was hat eine Frau wie dich so weit gebracht? Ich habe immer wieder den Zeitpunkt verpasst, etwas zu ändern. Aber du? Du bist ganz anders als ich. Du bist stark und tatkräftig. Warum bist du nicht gegangen oder hast ihn rausgeschmissen?«

Tomke fährt sich mit beiden Händen durchs Haar. Es ist fast trocken. Im Kerzenschein funkeln einzelne Haare jetzt kupferrot.

»Ja, warum ich? Die patente Tomke! Die immer alles regelt!«

Sie lässt ihre Hände fallen, und ihre Arme hängen schlaff herunter, als habe sie mit dem letzten Satz all ihre Energie verbraucht.

»Ich habe es aber nicht geschafft.« Ihre Stimme zittert verdächtig.

»Tut mir leid«, lenke ich betroffen ein. »Du wirkst einfach so …«

Ich breche hilflos ab. Mir fallen nur starke Ausdrücke ein, und die passen im Augenblick ganz und gar nicht zu Tomke.

»Ist schon gut«, winkt die ab. »Ich bin es gewohnt, dass mich alle so einschätzen. Aber alles zu schaffen oder viel zu schaffen, bedeutet nicht, dass auch alles einfach ist. Als würde mir alles zufliegen. Die Gleichung geht nicht auf. Es kostet Energie. Viel Energie.«

»Ich weiß, was du meinst«, unterbreche ich sie und ignoriere ihren ungläubigen Blick. »Mir wird ständig vorgeworfen, zu langsam zu sein. Als könnte ich das ändern, wenn ich mich nur genügend anstrengen würde. Aber ich strenge mich schon an. Es ist eben meine Geschwindigkeit, und dafür brauche ich auch viel Energie.«

Über Tomkes Gesicht geht ein kleines Lächeln. »Schade, dass man diese Energie nicht in Einheiten messen kann. Dann hätte man mehr Verständnis füreinander.«

Sie hebt ihre Arme in die Waagerechte und zieht sie langsam erst nach rechts und dann nach links.

»Mach das auch mal!«, fordert sie mich auf. »Das entspannt.«

Ich wehre lächelnd ab.

»Aber du siehst müde aus. Soll ich das Fenster öffnen?«

»Das kannst du, aber lenk nicht ab. Ich weiß so wenig von dir.«

Tomke legt ihren Kopf schief und sieht mich an: »Du bist langsam, aber hartnäckig.«

»Stimmt.«

Sie steht auf und öffnet das Fenster. Sofort weht eine frische Brise durch das Zimmer. Das tut gut.

»Gerold war eine tickende Zeitbombe«, beginnt sie und schenkt sich den nächsten Tee ein. »Ich habe es auch zu spät bemerkt und nicht einmal geahnt, dass er über die Jahre so viel Hass angesammelt hat. Ich habe immer geglaubt, ihm alles zu geben, was nötig oder was möglich war. Fast 30 Jahre lang. Aber er hat uns gehasst. Vielleicht von Anfang an.«

11

Der Wind hat das Teelicht ausgeblasen, und Tomke schließt das Fenster wieder. Ich sehe sie abwartend an.

Aber sie fragt nur: »Soll ich noch einen Kaffee kochen?«

»Nein, Tomke. Erzähl. Von Anfang an.«

»Warum willst du das wissen?«

»Ich möchte dich verstehen.«

Ich zögere und merke, wie ich rot werde: »Weil ich dich mag.«

Nun errötet Tomke, aber sie freut sich. Das sehe ich deutlich.

»Ich bin es nicht gewohnt, von mir zu erzählen«, unternimmt sie einen letzten Versuch, abzuwehren.

Ich antworte nicht, sehe sie nur ruhig an. Sie zieht ergeben ihre Schultern hoch und gibt sich einen sichtbaren Ruck. »Okay, von Anfang an.«

»Ich stamme aus einer großen Familie. Wir waren zu Hause vier Geschwister. Da war immer was los, das kannst du dir vorstellen. Ich war nie allein, und es war immer irgendwie laut. Das war normal für mich und hat mich nicht gestört, bis ich erwachsen wurde. Was ich so erwachsen nannte. Ich war 17, kurz vor meinem 18. Geburtstag. Da habe ich Gerold kennen gelernt. Er war sechs Jahre älter als ich.

Es hat mir mächtig imponiert, dass er sich für mich interessierte. Er hatte schon ein eigenes Auto und hat mich zum Tanzen ausgeführt. Nicht zu verachten, wenn man außerhalb von Minsen wohnt.«

Minsen, denke ich. Da habe ich mit Elke meinen ersten Urlaub verbracht. Das muss genau zu der Zeit gewesen sein. So nah beieinander. Vielleicht sind wir uns sogar einmal begegnet? Der richtige Ort, aber anscheinend nicht der richtige Zeitpunkt für Tomke und mich.

Ich schweige, um Tomke nicht zu unterbrechen.

»Das Wichtigste aber war, dass meine Eltern Gerold auf Anhieb gemocht haben. Sie waren in dieser Hinsicht sehr streng. Gerold war der ideale Kandidat als Schwiegersohn. Er hat sich mit meinen Eltern unterhalten, wenn er mich abends abgeholt hat. Manchmal sogar noch einen Tee mit ihnen getrunken. Und er hatte einen Beruf, mit dem mein Vater etwas anfangen konnte. Gerold war Schlosser, und mein Vater hatte einen Malereibetrieb. Das passte. Das hat mich natürlich alles nicht interessiert. Ich war nur verknallt und habe mich hofieren lassen. Meine ältere Schwester war neidisch, dass ich früher als sie fest mit jemandem ging. Das habe ich auch genossen.«

Tomke lächelt bei der Erinnerung. Dann wird ihr Gesicht wieder ernst. »Warum wir so früh geheiratet haben? Das ist eigentlich ganz einfach. Wir wollten in den Urlaub nach Italien fahren. Gerold hat meine Eltern um Erlaubnis gefragt. Sie waren nicht begeistert, obwohl Gerold schon einen gewissen Status bei ihnen hatte. ›Aber vorher wird geheiratet!‹«

Ich weiß, dass ich total ungläubig gucke, und kann es nicht verhindern. Tomke bemerkt meinen Gesichtsausdruck und nickt.

»Ja, wir haben wirklich geheiratet, um nach Italien fahren zu können. Natürlich waren wir auch verliebt, aber der Anlass war dieser Urlaub. Ich war einfach sehr naiv und viel zu jung. Ich habe sozusagen Heiraten gespielt. Mich auf einen eigenen Hausstand wie auf eine neue Puppenstube gefreut.

Ich hatte ein atemberaubendes Brautkleid. Viel Stoff und eine enganliegende Korsage. Auf meinen flachen Bauch waren meine Eltern besonders stolz. Ich ›musste‹ nicht heiraten. Eine Schwangerschaft war damals der übliche Grund für eine Ehe.

Die Hochzeitsfeier war wunderschön. Wir haben bis in die Morgenstunden getanzt. Dann sind wir todmüde ins Bett gefallen.

Ich bin vor Gerold aufgewacht und habe in der Küche das Frühstück vorbereitet. Schon in diesem Haus. Gerold hatte es von seinen Eltern zur Hochzeit überschrieben bekommen.

Ich weiß noch, wie aufgeregt ich war, als ich mit dem Frühstückstablett zu ihm ins Schlafzimmer ging. Ich hatte ein Nachthemd aus weißer Seide und Spitze an. Es sah aus wie ein Unterrock. Vielleicht war es sogar einer.

Wir haben zusammen im Bett gefrühstückt. Gerold war liebevoll wie immer, aber es war eine ungewohnte Spannung zwischen uns. Eine unbestimmte Erwartung. Ich habe ihm vertraut und gewartet. Schließlich war er sechs Jahre älter als ich. Meinen Erfahrungsschatz, was Sex anging, hatte ich aus der ›Bravo‹ von Dr. Sommer und aus dem Kuhstall. Ziemlich verwirrend, das kann ich dir sagen.«

»Ihr habt vorher nicht miteinander ...?«, platze ich dazwischen und ärgere mich im gleichen Augenblick. Aber der Gedanke ist so unvorstellbar.

»Nein«, bestätigt Tomke ganz ruhig. »Wir haben vor der Hochzeit nicht miteinander geschlafen.«

Sie sieht mich an: »Danach auch nicht. Wir haben überhaupt nie miteinander geschlafen.«

Für einen Augenblick hört man nur das Ticken der Küchenuhr.

Ich versuche, das Gesagte zu verstehen, denn ich bin sicher, dass Tomke keine Witze macht.

»Und deine Kinder?«, rufe ich verunsichert.

»Willst du nun die ganze Geschichte hören oder nicht?«, fragt mich Tomke. Aber sie ist nicht beleidigt.

Ich nicke: »Ja, will ich. Tut mir leid, ich bin sonst geduldiger.«

Tomke lächelt: »Ich weiß. Ich dafür leider gar nicht. Ich war noch nie sehr geduldig.

Vor der Hochzeit hatten wir genug Gründe, um nicht miteinander zu schlafen. Gerold hat bei seinen Eltern gewohnt. Zimmer an Zimmer. Undenkbar. Ich habe mir mit meiner Schwester das Zimmer geteilt. Als Grenze haben wir Apfelsinenkisten gestapelt. Hübsch beklebt und als Bücherregal genutzt.«

»Aber er hatte doch ein Auto!«, sage ich und werde im gleichen Augenblick rot.

Tomke grinst. »Ja, aus heutiger Sicht erscheint alles so einfach und schwer nachzuvollziehen. Gerold hatte ein Auto. Stimmt. Und in dem haben wir auch herumgeknutscht. Mehr wollte Gerold nicht, weil er mich liebte. Ich habe mich dadurch sehr ernst genommen gefühlt. Es war einfach romantisch, und ich habe auch nichts vermisst.

Ich wusste, nach der Hochzeit würde schon mehr passieren. Es hat mich beunruhigt, weil bei uns gar nichts passierte. Sogar unsere Küsse hatten ihre Leichtigkeit verloren.«

»Konnte er gut küssen?«, frage ich und weiß nicht, ob ich je im Leben einer Frau so eine intime Frage gestellt habe.

»Ja, bis zu der Hochzeit.«

»Meine Mutter hat immer behauptet, man erkenne einen guten Liebhaber beim Küssen. Sie hat das Kusstest genannt.«

»Ich beneide dich um deine Mutter, aber bei Gerold hätte sie diese Theorie vergessen können«, sagt Tomke, und ich nehme es ihr nicht übel. »Unseren ersten Tag als Ehepaar haben wir damit verbracht, die Geschenke auszupacken. Das hat uns wieder näher zueinander gebracht. Am Abend habe ich im Schlafzimmer unzählige Teelichter aufgestellt. Das hatte ich einmal in einem Film gesehen. Gerold nahm mich in den Arm, dann pustete er alle Kerzen aus.

Wir zogen uns im Dunkeln aus. Ohne ein Wort miteinander zu reden. Das Rauschen der fallenden Stoffe hat mich sehr erregt. Ich wollte ihn. Auch wenn ich nur vage Vorstellungen hatte, was ich mit ihm tun wollte. Ich war einfach geil, aber das Wort hätte ich damals nicht einmal denken können. Für dieses Verlangen kannte ich kein Wort.

Als wir uns auf dem Bett umarmten, sich unsere nackten Körper berührten, hatte ich einen kleinen Orgasmus. Das habe ich erst viel später begriffen. In dem Augenblick hat es mich völlig durcheinandergebracht. Gerold hat mich geküsst und ich habe mich ihm immer weiter entgegengedrängt. Habe ihn immer fester umschlungen. Aber er hat mich nur geküsst. Immer weiter geküsst. Auf seiner Haut bildeten sich feine Schweißperlen, und er versuchte, sich aus meiner Umarmung zu lösen. Sein Kuss war längst mechanisch geworden, und ich erwachte langsam aus meinem Taumel. Ich fühlte, dass irgendetwas falsch war, und begann wieder zu denken. Ich erinnerte mich an einen Zeitungsartikel. ›Verständnisvolle Frauen würden den Penis des Mannes in die Hand nehmen und ihm den Weg weisen.‹ Der Satz hat sich mir unvergesslich eingeprägt, weil ich die Vorstellung so ekelig fand. Niemals würde ich so etwas tun. Niemals.

Meine Hand fing schüchtern an zu suchen. Mein Herz hat dabei wie verrückt geklopft. Ich war nicht mehr erregt. Ich habe es nur getan, weil ich glaubte, ihm helfen zu müssen. Meine Hand tastete sich über seine Seiten weiter bis zu seiner Mitte. Ich suchte, aber stieß nur gegen etwas Zartes, Weiches. Erschrocken, als hätte ich etwas Verbotenes berührt, zog ich meine Hand zurück.

Dann versuchte ich es noch einmal. Ich war schon immer stur. Aber er wich mir mit einer schnellen Bewegung aus.

Wir lagen nebeneinander und starrten in die Dunkelheit. Wir waren beide wach, aber wir haben kein Wort miteinander gesprochen. Ich habe mich furchtbar geschämt. Und Gerold hat mich mit dieser Scham allein gelassen. Weißt du, wenn er meine Hand genommen hätte, mich ein wenig gestreichelt und gesagt: ›Ich bin nur nervös. Das wird schon.‹ Selbst, wenn es nie geworden wäre. Aber er hat mich in der Dunkelheit allein gelassen, und ich fühlte mich wie ein schlimmes Mädchen, das etwas sehr Ungehöriges getan hatte.

Am nächsten Morgen habe ich im Supermarkt meinen ersten Teddy gekauft. Zu dem Zeitpunkt habe ich noch gehofft, dass sich alles finden würde und ich nur zu unerfahren war.

Am Abend hat sich Gerold mit Freunden verabredet. Ich war enttäuscht, aber ich habe ihn gehen lassen. Er kam spät in der Nacht nach Hause, und er kam nicht zu mir. Er schlief auf der Wohnzimmercouch. Ich lag allein in dem breiten Ehebett und weinte.

Am nächsten Morgen bemühten wir uns beim Frühstück, sehr freundlich miteinander umzugehen. Wir taten so, als wären wir normale Eheleute und ignorierten die Nacht. So ging das mehrere Tage lang.

Wenn Gerold aus dem Haus war, habe ich mich vor dem Spiegel betrachtet. Was stimmte mit mir nicht? Ich war schlank. Zugegeben, ich hatte einen üppigen Busen. Aber den hatte ich auch vor der Trauung, und da schien er Gerold sehr wohl gefallen zu haben. Ich hatte langes Haar. Kupferrot. So hatte er mich kennen gelernt. Was hatte sich verändert?

Ich musste mit jemandem reden. Dieser Jemand konnte nur Erika sein. Sie war zehn Jahre älter als ich. Sie nannten sie die schwarze Erika, und sie hatte keinen guten Ruf. Erika arbeitete als Gemeindeschwester und Totenwäscherin. Deshalb war man freundlich zu ihr. Sie wusste von vielen Menschen einfach zu viel. Aber sie hat das nie ausgenutzt und zu kaum jemandem im Ort Kontakt gehabt. Mich mochte sie. Ich weiß nicht, warum. Wir hatten uns kennen gelernt, als sie meine Oma gepflegt hat. Danach habe ich sie ab und zu besucht, und ich fühlte mich bei ihr wohl. Es war bei ihr so angenehm anders als bei uns zu Hause. Immer unordentlich, und sie hatte immer Sekt kaltgestellt.

›Du meinst, er kriegt keinen hoch‹, brachte Erika trocken mein hilfloses Gestammel auf den Punkt.

›Ja, das glaube ich jedenfalls‹, stotterte ich, und Erika schenkte uns beiden Sekt ein.

›Wieso glauben?‹, fragte sie und sah mich prüfend an.

›Du meinst, ihr habt vorher noch nicht miteinander gebumst.‹

Ich nickte verlegen.

›So etwas müsste verboten werden. Schade, dass du nicht vor der Hochzeit zu mir gekommen bist.‹

Sie war ehrlich wütend. Das tat mir gut und nahm mir das Gefühl, es wäre ein ungeheuerliches Ansinnen, mit Gerold schlafen zu wollen.

›Also meine Süße, an dir liegt das sicher nicht. Es gibt da mehrere Möglichkeiten. Entweder er hat auch null Erfahrung und Schiss vor dem ersten Mal.‹

Die Variante gefiel mir sofort und ließ mich wieder sanfter über Gerold denken. Aber Erika war nicht am Ende, sondern erst am Anfang ihrer Aufzählungen.

›Oder er interessiert sich mehr für das andere Geschlecht.‹

Ich sah sie empört an. ›Warum sollte er mich dann geheiratet haben?‹

›Weil er es selbst nicht weiß‹, ergänzte sie ungerührt.

›Oder‹, Erika holte zum letzten Schlag aus, ›er ist impotent.‹

Das sprach sie fast feierlich aus und ich sah sie entgeistert an.

›Können denn junge Männer auch impotent sein?‹

›Ja, Herzchen. Sie können.‹

Wieder zu Hause, ließ ich Gerold an diesem Abend nicht kampflos in die Kneipe ziehen. Aber er gab mir nur einen Kuss und ging.

Am nächsten Morgen nahm ich meinen ganzen Mut zusammen und bin nackt zu ihm unter die Decke gekrochen.

Er hat mich weggestoßen und angeschrien: ›Wie kann man nur so geil sein – widerlich!‹

Ich war wie betäubt. Ich habe keinen Annäherungsversuch mehr unternommen. In dieser Zeit war Gerold sehr aufmerksam, fast liebevoll. Ich durfte ihn nur nicht berühren.

Als ich Erika wiedertraf, fragte sie: ›Na, welche Diagnose war richtig?‹

›Geheimnis. Aber nun ist alles in bester Ordnung‹, habe ich gelogen. Ich konnte es selbst ihr nicht sagen. Kurz danach ist Erika weggezogen, ohne mir eine Adresse zu hinterlassen.

Weihnachten waren meine Eltern zu Besuch. Ich habe meine ganze Energie in ein mehrgängiges Festtagsessen gesteckt. Es war ein Erfolg. Beim Abwaschen hat meine Mutter mir geholfen. Wir standen dicht nebeneinander, und ich hätte mich gern in ihre Arme gestürzt und ausgeweint. Da hat meine Mutter, vom Wein angeheitert, gefragt: ›Wann kommt denn bei euch was Kleines?‹

Ihre plumpe Art, mich zu fragen, stieß mich ab und ich habe aufgebracht geantwortet: ›Zum Kinderkriegen muss man Sex haben.‹

Meine Mutter hörte auf, mit dem Geschirrhandtuch die Gläser zu wienern und flüsterte mir vertraulich zu: ›Ach Kind. Ich habe auch nicht immer Lust. Trink doch vorher mal ein Glas Wein. Das hilft.‹

Sie strich mir über den Rücken und konzentrierte sich wieder ganz darauf, das Glas trocken zu polieren. Ich starrte ins Spülwasser. Meine Hände hielten bewegungslos den Teller untergetaucht. Klar. Sogar meine Mutter glaubte, dass es nur an mir liegen konnte.

Dabei hatte ich für einen Augenblick in Erwägung gezogen, ihr die Wahrheit zu sagen. Ihre Antwort wäre mit Sicherheit gewesen, dass eine gute Frau es hinkriegt, dass ihr Mann potent ist. Sie hätte mich wahrscheinlich aufgefordert, weiterhin freundlich zu ihm zu sein, ihn nicht unter Druck zu setzen und eine angenehme Atmosphäre zu schaffen. Dann würde es schon klappen. Als Scheidungsgrund hätte sie das nie akzeptiert.«

»Aber du hast es ihr nicht erzählt, also weißt du auch nicht, wie sie reagiert hätte«, werfe ich ein.

Tomke sieht mich schief an.

»Darin sind wir beide uns dann wohl sehr ähnlich. Oder hast du mit deiner Mutter jemals über Reinhard gesprochen?«

Ich zucke schuldbewusst mit den Schultern.

»Nein, weil ich ihr den Triumph nicht gönnte. Aber das ist jetzt sowieso unwichtig. Du weißt nicht, wie deine Mutter damit umgegangen wäre, und ich weiß das von meiner auch nicht.«

Tomke nickt und erzählt weiter.

»Nach Weihnachten kaufte ich mir den größten Teddy meiner Sammlung. Den, der im Fernsehzimmer sitzt. Er hatte so ein liebes Gesicht.

Zum Jahreswechsel brachte Gerold mir einen mit. Ich wertete das als Entgegenkommen und schöpfte noch einmal Hoffnung.

Ich habe liebevoll den Tisch gedeckt, Gerolds Lieblingsessen gekocht und auf ihn gewartet.

Das war übrigens nichts Ungewöhnliches. Ich habe mir meistens viel Zeit zum Kochen genommen. Das hat mir Freude gemacht und auch Halt gegeben.

Ich habe immer zusammen mit Gerold gegessen – und so getan, als wäre alles in Ordnung. Aber an dem Tag habe ich das Tabu gebrochen und gesagt: ›Ich muss mit dir über uns reden.‹

Gerolds Gesicht verschloss sich sofort. Ich sollte ruhig sein. Aber ich wollte nicht ruhig sein. Ich wollte es noch einmal versuchen.

›Gerold, was stimmt mit uns nicht? Warum können wir nicht miteinander schlafen?‹

Eisiges Schweigen. Er hat konzentriert die Kartoffeln zerlegt, auf die Gabel gespießt, in Soße getunkt und in den Mund geschoben. Das hat mich rasend gemacht. Warum tat er so, als hätte er mich nicht verstanden? Warum ignorierte er mein Gesprächsangebot? Es war mir schwer genug gefallen. Warum behandelte er mich, als würde mit mir etwas nicht stimmen? Anscheinend hatte er doch ein Problem.

›Willst du nicht mal zu einem Facharzt gehen?‹

Da war es heraus. Direkter, als ich es gewollt hatte. Gerolds Gesicht lief rot an. Er fixierte mich mit seinen Augen wie ein lästiges Insekt, nur kurz. Dann griff er seinen Teller und schleuderte ihn gegen die Wand. Es folgte die Schüssel mit Gulasch. Danach stand er wortlos auf und verließ das Haus. Ich blieb wie versteinert am Tisch sitzen und starrte auf die träge von der Tapete tropfende Soße.

Am nächsten Morgen tat er, als wäre nichts geschehen. Er war freundlich und zuvorkommend, und am Abend brachte er mir einen wunderschönen Strauß Frühlingsblumen mit. Jeder, der uns sah, musste glauben, wir wären ein glückliches junges Ehepaar. Es war unerträglich.

Ich bin verzweifelt zu meinem besten Freund gefahren. Thomas. Das erste Mal, seit ich verheiratet war. Ich war ihm aus dem Weg gegangen, weil ich ihm noch nie was vormachen konnte. Er war zwei Jahre älter als ich und wohnte in Carolinensiel. Dort sollte er die Gastwirtschaft von seinem Onkel übernehmen. Wir setzten uns an den Deich und sahen auf das Meer. Lange Zeit. Dann konnte ich endlich reden. Schonungslos. Es tat so gut, von ihm in den Armen gehalten zu werden. Ich konnte mich endlich richtig ausheulen.

Mehr passierte nicht. Wir waren seit der Grundschulzeit Freunde. Und das wollten wir auch bleiben. Zwischen uns war eine tiefe Zuneigung. Von Anfang an. Außerdem ging Thomas zu der Zeit schon fest mit Heike.

›Du kannst dich scheiden lassen‹, sagte er liebevoll.

›Super Idee!‹, fauchte ich ihn an. ›Du kennst meine Eltern und alle anderen hier auch. Sie werden es nie verstehen. Ganz davon abgesehen, wie soll ich meinen Scheidungsgrund formulieren? Dass ich noch Jungfrau bin?

Dann muss ich auswandern. Aber ich möchte hier wohnen bleiben.'

Thomas schwieg betroffen, weil er wusste, dass ich recht hatte.

›Vielleicht solltest du eine Ausbildung machen. Du arbeitest doch manchmal bei diesem Rechtsanwalt. Vielleicht findet sich dann alles Weitere.‹

›Du redest wie mein Vater!‹, fuhr ich ihn an. ›Was soll sich finden? Es findet sich nichts von allein!‹

Dr. Henkel hätte mich als Lehrling angenommen. Da war ich sicher. Aber ich wollte mich nicht ablenken. Ich wollte das Problem lösen. Ich wollte eine normale Ehe führen. Eine Familie haben.

›Dann adoptiert doch ein Kind‹, schlug Thomas vor.

Ich wollte schon wieder hochfahren und sagen, dass dieser Vorschlag genauso blöde war wie sein anderer, da kam mir eine Idee. Ein Kind, dachte ich und lehnte mich an Thomas. Ein Kind.

12

Ich habe wieder mit besonderer Sorgfalt den Tisch gedeckt. An dem Abend mit Sonnenblumendekor. Ich kann mich genau daran erinnern. Dieses Mal habe ich ohne Magendrücken auf Gerold gewartet. Ich hatte einen konkreten Plan. Ohne groß herumzureden, habe ich ihm erklärt: ›Ich möchte ein Kind haben und ich werde dafür sorgen, dass ich schwanger werde.‹

Dieses Mal blieb Gerold ruhig. Nichts flog durch die Luft, nur seine Hand zitterte leicht. Da hätte er noch sagen können: Warte noch ein bisschen. Wir bekommen das in den Griff. Oder sogar: Ich liebe dich. Ich hätte gewartet. Aber er antwortete nur rau: ›Dann sorg dafür.‹

›Gerold, ich möchte, dass dieses Kind deinen Namen trägt.‹

Er sah mich an, als sähe er mich zum ersten Mal. Dann nickte er langsam.

Von künstlicher Befruchtung waren wir damals noch weit entfernt. Ich glaube, irgendwo hat es das schon gegeben. Aber nicht bei uns im Wangerland.

Ich habe Thomas angerufen. Ihn auch von meinem Plan zu überzeugen, war weitaus schwieriger.

›Du bist komplett verrückt geworden‹, hat er sich ärgerlich gewehrt.

Ganz im Gegenteil. Zum ersten Mal seit Monaten wusste ich genau, was ich wollte. Und ich redete und redete und ließ nicht locker.

›Du weißt, dass ich Heike liebe‹, gab Thomas zu bedenken.

›Gerade deshalb‹, sagte ich. ›Wir sind Freunde und wir werden Freunde bleiben. Einem anderen Mann würde ich nicht vertrauen.‹

Es hat noch viele Gespräche gegeben, bis Thomas einsah, wie ernst ich das meinte. Schließlich hat er eingewilligt.

Ich habe, so gut ich konnte, meinen Eisprung berechnet. Ich wollte auf keinen Fall mehr als nötig mit Thomas intim sein. Ich war nur auf das Ziel fixiert. Es war ein tröstlicher Gedanke, dass wir uns so gut kannten. Immerhin war es für mich das erste Mal. Ich würde jeden Wettbewerb gewinnen, bei dem man das ungewöhnlichste ›Erste Mal‹ beschreiben soll.«

Tomke lächelt in sich hinein. Ich störe sie nicht und warte, bis sie weitererzählt.

»Etwas theoretisch zu besprechen, ist eine Sache. Sich in der konkreten Absicht, miteinander zu schlafen, gegenüberzustehen eine andere. Wir waren beide gehemmt. Als sähen wir uns zum ersten Mal.

Wir haben uns nicht geküsst. Wir haben so getan, als wäre es ein ganz normales Treffen unter Freunden. Wir haben auf dem Bett gelegen und einen Film gesehen. Ich weiß nicht mehr welchen. Er ist an mir vorbeigerauscht. Wir haben Sekt getrunken. Mehr, als wir gewohnt waren. Dann sind wir immer näher aneinandergerückt und haben uns berührt. Es war ein sanftes Überfließen in die Umarmung von Mann und Frau.

Ich wurde schon beim zweiten Mal schwanger. Von dem Moment an fühlte ich mich stark und lebendig. Auch Gerold schien sich zu entspannen, sich sogar auf das Baby zu freuen.

Er fuhr mit mir nach Wilhelmshaven, um die Babyausstattung zu kaufen. Führte mich stolz mit meinem dicken Bauch spazieren und ging nicht mehr in die Kneipe.

Er schlief auch nicht mehr auf der Couch. Er richtete sich ein eigenes Zimmer ein. In das Elternschlafzimmer stellte er das Babybett. Sonst verhielten wir uns wie ein normales Ehepaar. Wir planten Veränderungen am Haus, wurden gemeinsam zu Bekannten eingeladen und hatten auch oft Gäste.

Ich bekam erst meinen Sohn und ein Jahr später meine Tochter. Ich hätte gerne noch mehr Kinder gehabt, aber Thomas war nicht mehr zu überreden. Und einen anderen Vater wollte ich nicht.«

Tomke schenkt sich frischen Tee nach und sieht gedankenverloren aus dem Fenster. Ich betrachte sie und sehe gleichzeitig die junge Tomke, die mutig versucht hat, ihr Leben in den Griff zu bekommen. Die vielleicht auf die Liebe ihres Lebens verzichtet hat.

»Du und Thomas«, beginne ich schon, meine Gedanken zu formulieren, »wärt ihr ohne Gerold und Heike ein Paar geworden?«

Tomkes Gesicht verschließt sich, und ich bereue meine Frage.

»Was wäre gewesen, wenn?« Die Worte richtet Tomke an sich selbst. Dann sieht sie wieder mich an.

»Thomas und ich hatten uns eine Zeitlang aus den Augen verloren. Danach waren wir beide mit anderen Partnern zusammen.«

Tomke lächelt wieder. »So sind wir immer noch sehr gute Freunde. Das ist mehr, als manche Ehe zu bieten hat.«

Sie trinkt einen Schluck Tee und verzieht angewidert ihr Gesicht.

»Viel zu süß!« Sie schüttelt sich. Sie steht auf und gießt den Tee in den Ausguss. Sie trinkt im Stehen ein Glas Wasser, um den Geschmack herunterzuspülen.

»Die ersten Jahre mit den Kindern waren leicht«, erzählt sie weiter und setzt sich wieder.

»Fast glücklich. Gerold richtete oben die Fremdenzimmer ein. Über den Gewinn konnte ich frei verfügen.

Alles ging ziemlich gut, bis die Kinder größer wurden und in die Schule gingen. Da kam die Sehnsucht zurück. Ich konnte sie nicht mehr verdrängen. Ich wollte als Frau wahrgenommen werden. Diese Sehnsucht war noch immer ohne Ziel. Ich hatte zwar mit Thomas geschlafen, aber es war, als hätten wir uns nicht wirklich berührt.«

»Und du hast nie mehr versucht, mit Gerold zusammenzukommen? Ihr habt nie mehr darüber gesprochen? Nie geklärt, was eigentlich mit ihm los war?«

Ich kann die Fragen nicht zurückhalten. Sie sprudeln einfach so aus mir heraus.

»Nein, das habe ich nicht gewagt. Zwischen uns war zu viel Scham. Irgendwann hatte ich mich auch daran gewöhnt, habe es nicht mehr in Frage gestellt. Es war meine Normalität. Das hört sich für dich sicher komplett gestört an. Aber meine Ehe hatte einen festen Rahmen, in dem ich mich sicher fühlte. Und ich hatte die Kinder. Allerdings war ich nicht die ganzen Jahre ohne einen anderen Mann, wenn du das fragen wolltest. An irgendeinem Morgen habe ich in der Zeitung eine Annonce gelesen: ›Verheirateter Mann sucht gleichgesinnte Frau für zärtliche Stunden‹.

Ich war erst empört. Wie konnte man so klar seine Bedürfnisse benennen und sonst nichts? Ich habe die Zeitung weggeworfen. Nachmittags habe ich sie wieder aus dem Müll gefischt und die angegebene Telefonnummer gewählt. Karl wurde mein erster richtiger Liebhaber. Von ihm und den anderen danach habe ich Gerold nie etwas erzählt.«

»Hast du dich nie in einen von ihnen verliebt?«

Ich fühle mich mit meiner Dazwischenfragerei wie ein kleines Mädchen, das die Geschichten der großen Schwester einfach nicht begreifen kann.

›Sex ohne Verpflichtung‹ hört sich für mich noch immer an wie aus einer anderen Welt, zu der ich keinen Zutritt habe.

Aber Tomke antwortet bereitwillig: »Anfangs nicht. Da war das eher umgekehrt. Immer wenn sie mir zu nah kamen, habe ich Schluss gemacht. Das war einfach. Wir haben uns nicht unter unseren richtigen Namen getroffen. Ich wollte mein Leben behalten. Dafür habe ich immer gesorgt.

Bis Paul kam. Mit ihm treffe ich mich seit sechs Jahren. Jeden Donnerstag.«

»Seit sechs Jahren«, wiederhole ich staunend.

»Aber da lernt man sich doch unweigerlich näher kennen.«

Tomke wiegt ihren Kopf: »Ja und nein. Wir wissen viel voneinander und doch sehr wenig. Vielleicht macht das den Zauber zwischen uns aus. Ich werde Paul vermissen.«

»Warum vermissen? Wenn ihr euch so gut versteht, warum willst du ihn nicht weiterhin treffen?«

»Du hast es nicht richtig verstanden. Paul ist auch gebunden. Wir haben uns unter der Voraussetzung getroffen, die Ehe des anderen zu respektieren. Und wir haben versprochen, uns die Wahrheit zu sagen. Ich meine, wenn sich etwas in dem Leben des anderen verändern sollte oder wir den Draht zueinander verlieren. Oder einer von uns zu viel für den anderen empfindet.

Paul und ich, wir haben eine außergewöhnliche Beziehung mit viel Vertrauen. Ich werde ihn nicht belügen.«

»Du willst ihm die Wahrheit sagen?«, frage ich zweifelnd.

Tomke lächelt.

»Nein, natürlich nicht. Ich werde ihm nur sagen, dass ich Witwe geworden bin. Er wird Angst bekommen und Schluss machen. Unser Verhältnis hält sich nur in der Waage, weil wir beide verheiratet sind. Wir sind beide daran interessiert, das Leben des anderen nicht in Gefahr zu bringen. Er würde befürchten, dass ich nun mehr will.

Und ehrlich gesagt, da könnte er recht haben. Nicht heute, aber vielleicht morgen. Deshalb ist es besser so.«

Bei den letzten Worten kann sie nicht verhindern, dass ihre Augen feucht werden. Ich fühle mich hilflos. Dabei würde ich ihr gerne etwas Hilfreiches sagen, aber mir fällt nichts ein. So eine Beziehung kenne ich nicht. Leider. Ich weiß, es ist unpassend, aber ein wenig beneide ich Tomke um die Stunden mit Paul. Sie sollte sie nicht kampflos aufgeben. Das hört sich alles nach echten Gefühlen an. Das werde ich ihr auch sagen. Irgendwann. Später.

»Manchmal hatte ich Tagträume, dass Gerold sich verlieben und mich verlassen würde«, sagt Tomke. »Aber so einfach hat er es mir nicht gemacht. Er blieb. Aber es hat mich nicht so sehr gestört, wie du es jetzt annimmst. Das wäre gelogen. Es gab immer wieder gute Zeiten zwischen uns. Bis vor ungefähr drei Jahren. Da fing Gerold an, sich massiv zu verändern. Unser Hausarzt meinte, das käme von seinem Diabetes. Dazu trank er auch immer mehr. Dann fing er an, mich zu erpressen und zu demütigen. Es hat ihm Freude bereitet, meine Angst zu spüren. Das hat ihm das Gefühl von Macht über mich gegeben. Das war ein neuer Zug an ihm, und ich hatte wirklich Angst. Ich hatte ihm dummerweise in einer vertrauten Phase den Vater meiner Kinder preisgegeben: Thomas.

Meine Kinder hatten nie ein sehr inniges Verhältnis zu Gerold. Er ist für sie ihr Vater und gut. Ein Vater, der wenig Zeit für sie hatte. Aber eben ein Vater. Das ist nichts Ungewöhnliches. Die meisten Frauen in meiner Umgebung haben die Kinder trotz Ehe allein großgezogen. Aber die Wahrheit würde meine Kinder schockieren und verletzen. Ihre Welt würde ins Wanken geraten. Genau wie die von Thomas und seiner Familie. Er hat drei Kinder. Wie sollten wir rechtfertigen, dass wir miteinander geschlafen haben. In aller Freundschaft!«

Sie lacht traurig auf.

»Die Wahrheit würde uns kein Mensch glauben. Für Heike würde auch eine Welt zusammenbrechen.

Gerold trieb es immer weiter auf die Spitze. An einem Morgen habe ich Notizen von ihm entdeckt. Es sollte ein Brief an unsere Kinder werden. Er fing an, völlig durchzudrehen und war nicht mehr berechenbar. Ich musste handeln. Aber wie? Dann hatte ich die Idee mit dem Insulin. Zuckerschock. Klassisch. Und nicht verwunderlich. Gerold hielt sich nicht an seine Diät, und er trank zu viel. Unser Hausarzt hatte ihm schon mehrmals deswegen den Marsch geblasen.

Er würde seinen Tod durch Unterzuckerung anstandslos akzeptieren! Ich glaubte, das wäre ein leichter Tod für Gerold. Ich wollte ihn nicht quälen. Aber von wegen.

Er war vor dem Fernseher eingeschlafen. Er hat nicht gemerkt, dass ich ihm die Spritze gegeben habe. Ich habe mich neben ihn gesetzt und gehofft, er würde einfach so vom Schlaf in den Tod dämmern. Aber er wachte auf. Schweißgebadet. Er bekam schlecht Luft und sah mich an, als wollte er um Hilfe schreien. Er bekam nur ein Röcheln heraus. Wie er mich angesehen hat. Es war grauenhaft. Er hat gewusst, was ich getan habe. Da bin ich sicher.

Dann begann er, am ganzen Körper zu krampfen. Als hätte er keine Knochen im Leib. Seine Arme und Beine schlugen gegen die Möbel und er hat mich immer wieder angesehen. Ich habe tatenlos danebengestanden und geheult. So einen schrecklichen Tod habe ich ihm nicht gewünscht. Aber es gab kein Zurück mehr. Ich konnte nur warten, bis es vorbei war. Ich weiß nicht mehr, wie lange es gedauert hat, bis er tot war. Gefühlt war es eine Ewigkeit.

Trotz seiner Verletzungen habe ich unseren Hausarzt angerufen. Ich kenne ihn seit meiner Kindheit. Es wäre kein Problem gewesen. Er hätte den Totenschein ausgefüllt. Er kannte Gerolds Exzesse. Aber er war nicht in seiner Praxis, sondern eine Vertretung. Ich habe aufgelegt und hatte nur noch Angst. Gerold musste aus dem Haus. So schnell wie möglich. Aber wohin?

Ich habe ihn mit der Schubkarre ins Auto geschleppt und bin blindlings losgefahren. Dabei habe ich geheult und gedacht: Jetzt ist alles vorbei. Dann war da die Baustelle in der Nähe der Stumpenser Mühle. Ich habe angehalten und die Grube mit frischer Erde gesehen. Ohne nachzudenken, habe ich ihn da vergraben. Werkzeug hatte Gerold immer im Wagen. Ich weiß nicht mehr, wie ich das gemacht habe.

Wieder zu Hause, habe ich das Zimmer sauber gemacht und den Teddy in den Sessel gesetzt. Erst am nächsten Morgen begriff ich, was ich getan hatte. Und wie kurzsichtig ich gehandelt hatte. Vielleicht hatten sie ihn längst gefunden? Vielleicht standen gleich Beamte von der Kriminalpolizei bei mir vor der Tür!

Am Nachmittag habe ich es nicht mehr ausgehalten und bin wieder rausgefahren. Da war die Grube schon frisch asphaltiert und die Baustelle abgebaut. Sie hatten ihn also nicht entdeckt. Für einen kurzen Augenblick war ich erleichtert. Dann kam die Ernüchterung zurück und die Panik. Gerold war nicht offiziell tot, er war nur verschwunden. Wie sollte ich das erklären?

Darauf hatte ich eine Woche lang keine Antwort. Dann kamst du, und ich habe dir das Zimmer vermietet. Frag mich nicht warum. Nun liegt wieder eine Leiche nebenan im Fernsehzimmer. Und sie hat die Statur von Gerold.

Verstehst du jetzt? Dieses Mal wollte ich mir Zeit lassen, nicht noch einmal einen Fehler machen, nur weil ich in Panik geraten bin. Es wird gut gehen, das verspreche ich dir.«

Er hat die Statur von Gerold. Es wird alles gut gehen. Das verspreche ich dir. Die Worte klingen in mir nach, und sofort rebelliert mein Magen wieder. Ich hatte beim Zuhören fast vergessen, dass nebenan Reinhards Leiche liegt. Wie sieht er wohl inzwischen aus? Wie schnell verändern Tote ihr Aussehen? Denk nicht drüber nach, Teresa, sonst kannst du gleich wieder zum Klo rennen. Ich sehe zur Uhr.

Es ist mittlerweile halb 3.

»Willst du nicht endlich den Arzt anrufen? Ich würde es gerne hinter mich bringen«, sage ich und Tomke nickt.

Sie steht auf und geht zum Telefon. Ich versuche, mich zu beruhigen: Der Arzt kennt Gerold nicht. Was kann schon passieren? Dass er sich über die Verletzungen wundert und ›unklare Todesursache‹ ankreuzt! Das kann passieren! Dann wird er obduziert, und sie werden feststellen, dass er nie Diabetes hatte. Was dann? Gerade die jungen Ärzte sind sicher ehrgeizig und sehen sich Leichen wahrscheinlich noch gewissenhafter an. Ich muss an Reinhards Kopfverletzungen denken. Die bekommt man nicht von ein paar Stößen gegen Garagenwände. Ein Fachmann wird das sofort erkennen. Da bin ich mir sicher. Bevor ich weiter überlegen kann, wie so eine Leichenschau wohl vonstattengeht, kommt Tomke in die Küche zurück. Sie sieht erschreckend blass aus.

»Mein Hausarzt ist wieder zurück«, sagt sie tonlos und lässt sich auf ihren Stuhl fallen.

»Ist das nicht paradox? Vor einer Woche hätte ich ihn gebraucht und nicht heute Nacht. Das war so ein guter Plan. Nun ist wieder alles anders. Was sollen wir denn jetzt machen?«

Sie sieht mich an. In ihren Augen steht so viel Verzweiflung, dass ich schlagartig ruhig werde. Keine Chance, jetzt auch noch in Panik zu verfallen.

»Woher weißt du das überhaupt? Hast du mit ihm gesprochen?«, frage ich sie so ruhig wie möglich.

Tomke schüttelt den Kopf und sagt nur: »Anrufbeantworter.«

»Dann müssen wir eben einen anderen Arzt rufen. Gibt es nicht noch einen in der Nähe, der Gerold nicht kennt?«

»Natürlich gibt es noch andere Ärzte. Aber wie sollen wir einem aus dem Nachbarort klarmachen, dass wir um diese Uhrzeit ihn und nicht meinen Hausarzt angerufen haben, der gleich um die Ecke wohnt?«

Tomkes Stimme bebt. Sie unterdrückt mit Mühe einen Heulkrampf. Ich gehe um den Tisch und lege meine Hände auf ihre Schultern.

»Tomke, wir müssen jetzt ruhig bleiben«, sage ich eindringlich und massiere mit leichtem Druck ihren Nacken.

»Wir schaffen das schon«, bete ich ihr vor und habe keine Ahnung wie.

»Wo hast du die ›Gelben Seiten‹ liegen? Du hast doch welche?«, frage ich in einem betont geschäftsmäßigen Ton.

Tomke umspannt meine Hände und sagt: »Wir können keinen anderen Arzt anrufen. Das geht mit Sicherheit schief.«

»Nicht, wenn Ihr den Richtigen anruft!«

13

Tomke und ich fahren zusammen. In der Tür steht Maike.

Blass, mit dicken Augenrändern, aber anscheinend wieder nüchtern.

»Maike!«, rufe ich entsetzt, als sähe ich ein Gespenst. Ihre Anwesenheit hatte ich auch vollkommen vergessen.

»Maike, es tut mir leid, aber …«, versuche ich hilflos, die verfahrene Situation zu erklären. »Tomke und ich, … wir müssen hier etwas allein regeln.«

»Regt euch nicht auf«, winkt Maike ab. »Ich habe schon genug mitangehört. Ihr wart ganz schön laut.«

Tomke und ich wechseln einen betroffenen Blick. Bevor wir etwas entgegnen können, fragt Maike: »Habt ihr ein Aspirin?«

Tomke steht stillschweigend auf und holt eins aus dem Schrank. Mechanisch wirft sie die Tablette in ein Glas Wasser und stellt es auf den Tisch. Dann holt sie einen dritten Stuhl in die Küche.

»Maike, es tut mir so leid«, setze ich noch einmal an. »Aber das hier ist unsere Angelegenheit, und da wollen wir dich auf keinen Fall mit hineinziehen. Es wäre gut, wenn du alles einfach wieder vergessen würdest.«

Während ich das sage, weiß ich, das ist ein frommer Wunsch. Sie hat nicht irgendeinen Tratsch mitangehört. Hier geht es um Mord. Um zweifachen Mord. Sie wird ihr Aspirin wirken lassen und dann zur nächsten Polizeiwache gehen. Ich kann es ihr nicht verdenken. Maike antwortet nicht. Sie trinkt gierig das Aspirin und schenkt sich noch einmal Wasser nach. Dann sagt sie endlich: »Ihr irrt euch. Das hier ist auch meine Sache.«

»Wie kann das deine Sache sein?«, frage ich heftig.

»Wir haben unsere Männer umgebracht!«

Bei den letzten Worten zucke ich zusammen. Unsere Männer umgebracht.

Wie brutal sich das anhört. Was muss Maike von uns denken? Wie viel hat sie überhaupt nebenan von unserem Gespräch mitbekommen? Weiß sie überhaupt, dass es hier um Mord geht? Ich sollte lieber den Mund halten und ihr nicht noch mehr erzählen.

Maike setzt sich und sieht mich lange an, als müsse sie die Tatsachen noch einmal überdenken. Ich versuche, ihrem Blick nicht auszuweichen. Das fällt mir schwer.

»Was ihr da getan habt«, sagt sie leise, »das will ich gar nicht so genau wissen. Ich habe nur verstanden, dass ihr für die Leiche nebenan einen Totenschein braucht. Ich habe dir doch von Torben erzählt.«

Ich nicke irritiert.

»Der macht gerade Vertretung in einer Praxis in Hooksiel.«

Torben Sievers, denke ich. Der Mann, der sie so verletzt hat, arbeitet in einer Hausarztpraxis. Ich beginne zu ahnen, was Maike vorhat und schüttele entschieden

den Kopf: »Wir werden dich da auf keinen Fall mit hineinziehen.«

Maike fährt sich durchs Haar und setzt sich gerade hin.

»Ach nein? Aber ich bin schon mittendrin. Außerdem habe ich einen Blick auf eure Leiche nebenan geworfen. Für die unterschreibt euch niemand einen Totenschein, das kann ich euch versprechen. Ihr seid ganz schön naiv. Auch wenn der zuständige Arzt blind wäre, er würde euch fragen, warum ihr den blutüberströmten Mann nicht an Ort und Stelle gelassen habt. Immerhin ist er schon ein paar Stunden tot. Er wird fragen, warum ihr ihm noch einen Verband verpasst und ihn vorher gewaschen habt. Dann wird er die Polizei benachrichtigen. Das ist sicher.«

Maike macht eine Pause und schenkt sich das nächste Glas Wasser ein. »Aber Torben wird unterschreiben«, sagt sie fast feierlich. »Dafür werde ich sorgen. Er ist mir noch eine Unterschrift schuldig.«

»Ich verstehe überhaupt nichts mehr«, mischt sich Tomke ein. Aber es klingt so müde, als würde sie auch keinen großen Wert darauf legen, überhaupt noch irgendetwas zu verstehen. Anscheinend hat sie sich immer noch nicht von dem Schock erholt, dass ihr Hausarzt wieder da ist.

»Ich erkläre es dir später«, sagt Maike, und Tomke gibt sich ganz gegen ihre Art damit zufrieden.

»Vorher muss ich noch was anderes als Wasser trinken«, wendet sich Maike an mich. Sie scheint Tomkes Niedergeschlagenheit auch zu spüren und lässt sie in Ruhe.

»Willst du Kaffee oder Tee?«

»Kaffee. Schwarz, und wenn möglich, ein Stück Brot. Nur trocken, ohne alles.«

Ich stehe auf, hole Maike eine Tasse und schiebe ihr die Kaffeekanne rüber. Ohne Tomke zu fragen, nehme ich aus dem Brotkasten eine Scheibe Brot und setze mich wieder.

Wir sprechen kein Wort, während Maike langsam ihren Kaffee trinkt, das Brot zerbröselt und isst. Ich würde alles für eine andere Lösung geben.

Aber mir fällt absolut keine ein. Unsere einzige Chance ist dieser Torben Sievers. Ich erinnere mich an sein wütendes Gesicht und bezweifle, dass Maike so viel Macht über ihn hat, wie sie glaubt. Aber jetzt ist nicht der richtige Zeitpunkt, meine Zweifel zu äußern.

»In Ordnung, Maike. Probier es. Aber das hier ist kein Kavaliersdelikt«, gebe ich noch einmal zu bedenken.

»Ich weiß«, antwortet Maike ruhig und holt das Telefon in die Küche. Sie stellt es auf Mithören. Das scheint ihr wichtig zu sein.

»Dr. Sievers, Praxis Dr. Hansen«, meldet er sich nach dem dritten Klingeln. Bemerkenswert für diese Uhrzeit.

»Hier ist Maike.« Ihre Stimme klingt ein wenig heiser, aber sonst ganz ruhig.

Für einen Augenblick ist Stille in der Leitung. Dann sagt er mit mühsam unterdrückter Wut: »Du schreckst anscheinend vor gar nichts zurück«, und legt auf.

»Ist es nicht besser, wenn ich anrufe?«, fragt Tomke. Ihre Stimme hat wieder Energie. Erleichtert atme ich durch. Sie hat mir gefehlt, und ich hätte den Arzttermin ungern allein mit Maike durchgezogen.

»Wahrscheinlich«, gibt die zögernd zu. »Aber er wird die Nummer wiedererkennen.«

»Nein«, sagt Tomke. »Die Nummer ist unterdrückt. Ich rufe ihn jetzt an. Wenn er aus Hooksiel nicht herkommen will, kannst du immer noch eingreifen.«

Tomke wählt seine Nummer, und Sievers meldet sich sofort. Wieder mit seiner professionell freundlichen Stimme. Dabei musste er damit rechnen, noch einmal Maike am Apparat zu haben. Der Mann hat sich durch und durch im Griff. Das bestätigt nur meine Zweifel, dass er sich auf eine illegale Handlung einlassen wird.

»Tomke Heinrich. Ich rufe an, weil …«

Sie stockt für einen Augenblick und Maike und ich halten den Atem an.

»Weil mein Mann tot ist.«

Nun ist es heraus und zu spät, ihr einen passenderen Satz zuzuflüstern.

Sievers räuspert sich am anderen Ende umständlich und fragt dann mit sonorer Stimme: »Liebe Frau Heinrich, sind Sie sicher, dass Ihr Mann tot ist?«

Tomke ringt nach Atem, sucht nach einer Antwort und fängt an zu weinen. Die Tränen laufen ihr haltlos über das Gesicht, und ich sehe, sie sind nicht gespielt. Tomke weint wirklich um Gerold.

»Frau Heinrich, bitte. Beruhigen Sie sich. Ich werde sofort zu Ihnen kommen. Wo wohnen Sie?«

»In Horumersiel …«, sie muss abbrechen, weil ihr die Stimme versagt.

»Horumersiel?«, fragt Sievers, als hätte er sich verhört.

»Haben Sie dort keinen Hausarzt?«

Tomke sieht Maike hilfesuchend an, aber ich halte sie am Arm fest. Instinktiv fühle ich, dass es keine gute Idee ist, wenn Sievers weiß, dass Maike bei uns ist. Er muss völlig nichtsahnend kommen.

»Doch, ich habe einen, aber da meldet sich niemand«, beginnt Tomke schon zu antworten. »Ich bitte Sie, kommen Sie! Ich halte das hier sonst nicht mehr aus.«

»In welcher Straße wohnen Sie?«, fragt er resigniert.

Tomke sagt ihm hastig ihre Adresse und bedankt sich schluchzend.

Als sie aufgelegt hat, setzen wir uns alle drei um den Tisch und sagen kein Wort. Die Stille ist unerträglich.

Ich weiß nicht, wie viel Zeit vergangen ist, als endlich Scheinwerfer wie lange Fangarme über die Deichkrone streichen.

»Er kommt«, flüstert Tomke und streicht sich ihr Oberteil glatt.

Die Lichtkegel durchleuchten die Küche. Dann ist es wieder dunkel.

»Lasst mich das machen«, sagt Maike bestimmt und steht auf. Dieses Mal halte ich sie nicht zurück.

Bevor er klingeln kann, öffnet Maike ihm die Tür. Er bleibt wie erstarrt im Türrahmen stehen. Nach der ersten Verblüffung spiegelt sich in seinem Gesicht wütende Abwehr.

»Ich habe versucht, mit dir zu reden, aber du hast ja gleich aufgelegt«, begrüßt Maike ihn. Ihre Stimme hat einen vorwurfsvollen Klang.

»Dabei hätte ich der armen Frau Heinrich diesen Anruf gerne abgenommen.«

Sievers' Wangenmuskeln zucken vor Anspannung, aber er verkneift sich eine Antwort. Er hat Tomke und mich längst im Hintergrund entdeckt. Ohne Maike weiter zu beachten, macht er um sie einen Bogen und steuert zielsicher auf Tomke zu. Sie hat noch geschwollene Augen vom Weinen. Er scheint eine gute Beobachtungsgabe zu haben. Das ist nicht gut für uns.

»Doktor Sievers«, stellt er sich vor und reicht Tomke die Hand. In der anderen trägt er die obligatorische Arzttasche. Dann begrüßt er mich. Sein Händedruck ist fest, sein Blick wieder professionell freundlich. Er erkennt mich nicht wieder, denke ich erleichtert. Der Augenblick am Fahrstuhl war zu kurz, um mich in seiner Erinnerung zu speichern. »Frau Heinrich?«, vergewissert er sich und sieht Tomke fragend an. Sie nickt.

»Wo ist Ihr Mann?«

Tomkes Hals ist von einer Sekunde zur anderen mit roten Flecken übersät. Ich betrachte sie mit Sorge. Jetzt nur nicht die Nerven verlieren! Bleib ruhig, Tomke! Ich sehe sie eindringlich an und hoffe, dass meine stumme Botschaft bei ihr ankommt. Sie bekommt keinen Ton heraus und zeigt mit der Hand zum Fernsehzimmer. Sievers nickt verstehend und setzt sich in Bewegung. Maike bleibt dicht hinter ihm. »Können Sie das Licht einschalten?«, bittet er und versucht, Maike zu ignorieren. Tomke drückt den Schalter für die Deckenbeleuchtung. Es kostet mich Überwindung, jetzt nicht einfach die Augen zu schließen.

Aber Reinhards Leiche hat sich nicht verändert. Nur unser Verband hat nicht gehalten. Er ist noch einmal durchgeblutet. Sievers stellt seine Tasche auf dem runden Tisch ab und öffnet sie. Dabei sieht er zu Reinhard und dann irritiert zu Tomke: »Ihr Mann ist nicht hier gestorben, nicht wahr?«

Tomke schüttelt den Kopf, und wie auf Knopfdruck beginnen die Tränen wieder zu fließen.

»Nein, wir haben ihn in der Garage gefunden. Dort konnten wir ihn doch nicht liegen lassen.«

Sievers atmet schwer durch. Man sieht ihm an, dass er da anderer Meinung ist. Aber mit einem abschätzenden Blick auf Tomke hält er es wohl für zwecklos, ihr das zu erklären.

»Und Sie sind sicher, dass er schon tot war, als Sie ihn gefunden haben?«, fragt er misstrauisch.

Tomke und ich nicken heftig. Zum ersten Mal sieht er mich genauer an. Das gefällt mir ganz und gar nicht.

Er schüttelt resigniert den Kopf und nimmt ein paar Plastikhandschuhe aus seiner Tasche. Während er sie anzieht, fragt er: »Hatte Ihr Mann irgendwelche Vorerkrankungen?«

»Wissen Sie«, schluchzt Tomke, »er war schwer zuckerkrank. Schon seit Jahren. Und …«, sie unterbricht sich, weil sie von einem Weinkrampf geschüttelt wird, »er hat auch viel zu viel getrunken. Er war so unvernünftig. Dabei sagt unser Hausarzt schon lange, dass es so nicht weitergehen kann.«

Tomke geht jetzt ganz und gar in ihrer Rolle auf, die sie sich vor einer Woche für ihren Hausarzt zurechtgelegt hatte. Ich mag mir nicht vorstellen, was ich mit Reinhard angefangen hätte, wenn ihr Plan aufgegangen wäre. Und ich verbiete mir auch, darüber nachzudenken, wie viele Zufälle Sievers bis zu Reinhards Leiche geführt haben. Dann würde ich mich auf der Stelle umdrehen und weglaufen. Aber dafür ist es ohnehin zu spät.

Ich starre wie gebannt auf Sievers' Bewegungen. Er tastet Reinhards Hals ab. Dann umspannt er mit beiden Händen seinen Kopf, stutzt und lässt ihn los. Zögert noch einen Augenblick, bis er sich aufrichtet und wieder zu uns umdreht. Er starrt fassungslos von einer zur anderen.

»Was um alles in der Welt ist mit ihm geschehen?«

Aus, denke ich. Aus. Wir hätten ihn ins Meer werfen sollen. Dieser Leichentausch war eine total blödsinnige Idee. Wieso habe ich mich darauf eingelassen? Weil sich alles so logisch anhörte und es für mich die einfachste Lösung war! Ich sehe zu Tomke. Die schnäuzt geräuschvoll in ein Taschentuch und weicht meinem Blick aus. Was nun?

Da höre ich Maike sagen: »Woher sollen wir wissen, was passiert ist? Du bist der Arzt. Wir haben ihn so gefunden. Kann es nicht sein, dass er gekrampft hat? Immerhin war er mit ziemlicher Sicherheit unterzuckert. Er hat sich wahrscheinlich das falsche Insulin gespritzt.«

Sievers wirft ihr einen giftigen Blick zu. »Gekrampft?«, wiederholt er zynisch, und so, wie er es ausspricht, hört es sich an wie: erschossen oder erwürgt oder erschlagen.

»Tut mir leid«, sagt er und streckt sich. »Aber ich bin gezwungen, die Staatsanwaltschaft einzuschalten. So kann ich das nicht unterschreiben.« Ohne uns weiter zu beachten, zieht er sich seine Handschuhe aus und holt sein Handy hervor.

»Warum telefonieren?«, fragt Maike lauernd, tritt auf ihn zu und reißt ihm das Handy mit einer schnellen Bewegung aus der Hand. Sievers hat damit nicht gerechnet und reagiert zu spät.

»Du sollst einen Totenschein ausfüllen, mehr nicht. Herr Heinrich hatte Diabetes. Insulinpflichtig. Diese moderne Therapie mit dem unterschiedlich wirkenden Insulin hat er nie verstanden. Bluthochdruck hatte er auch schon entwickelt. Nicht zu vergessen seine Herzmuskelschwäche. Dazu noch regelmäßig Alkohol, und heute Abend hat er sich betrunken und eine viel zu hohe Dosis Insulin nachgespritzt. Schnellwirkendes Insulin. Das hat er leider verwechselt. Zuckerschock. Er hat gekrampft. Das kommt schon mal vor bei schwerer Unterzuckerung in Zusammenhang mit Alkohol, wie du selber weißt. Und das in der Garage. Da stehen viele scharfkantige Gegenstände herum. Es ist alles in Ordnung. Warum willst du also telefonieren?«

»Du bist verrückt! Gib mir sofort mein Handy zurück. Ich weiß nicht, was hier passiert ist, aber es ist absolut nicht in Ordnung. Gib es her!«

Mittlerweile ist er richtig wütend. Ich kann weder denken noch einen Ton hervorbringen. Tomke geht es anscheinend genauso.

Wir stehen da wie Statisten und überlassen Maike die Handlung.

»Gut«, sagt sie gefährlich leise.

»Telefonier, wenn du unbedingt willst. Aber ich werde auch jemanden anrufen. Eine Nummer aus München. Dort wird sich eine Frau melden. Ich werde mich weinend, völlig verzweifelt, entschuldigen. Aber ich musste sie anrufen. Wegen der Ungewissheit. Weil mein Freund Torben Sievers mich anscheinend betrügt. Sie wird nicht auflegen, da bin ich sicher. Sie wird mich sogar ermutigen, alles zu erzählen. Und ich werde ihr alles erzählen. Dieser mitfühlenden Frau in ihrem Himmelbett, die aus dem Schlaf gerissen wurde. Für sie wird eine Welt einstürzen. Für dich allerdings auch.«

Bei den letzten Worten stürmt Sievers auf Maike zu und beginnt wie ein Wahnsinniger, sie an den Schultern zu schütteln. Tomke und ich erwachen gleichzeitig aus unserer Erstarrung. Wir packen entschlossen den tobenden Mann von beiden Seiten. Mit aller Kraft ziehen wir ihn von Maike weg. Er bleibt schwer atmend stehen.

»Oh nein!«, keucht er und schüttelt den Kopf, als habe man ihn aufgefordert, in ein Krokodilbecken zu springen.

»Oh nein«, wiederholt er. »Ich werde nicht für irgendeine krumme Sache den Kopf hinhalten.«

Keine von uns sagt ein Wort. Ich kann nur denken: Gleich haut er ab, und das war es dann. Noch ein Mitwisser mehr. Das ist alles, was dabei herausgekommen ist.

Sievers stiert Maike mit glasigen Augen an, als hätte er auf die Schnelle einige Schnäpse getrunken. Wir wappnen uns, sie vor einem erneuten Übergriff zu schützen, da sagt er: »Du hast nicht den Ansatz einer Ahnung, was du hier von mir verlangst.«

Maike reckt sich und sieht ihn kalt an: »Doch, die habe ich. Die habe ich ganz genau.«

Er öffnet und schließt den Mund, ohne einen Ton herauszubringen. Anscheinend sucht er krampfhaft nach einer Lücke, um dem Netz zu entkommen. Er windet sich und sieht noch einmal Maike durchdringend an. Aber sie hält seinem Blick mit aller Entschlossenheit stand. Seine Schultern sacken nach vorn, und er würgt kaum hörbar hervor: »Wo kann ich schreiben?«

»Hier!«, antwortet Tomke sofort hellwach und weist ihm eilfertig den Weg in die Küche. Dabei bedenkt sie Maike mit einem geradezu ehrfürchtigen Blick.

»Die Personalien«, fordert Sievers heiser. »Kann ich das Stammbuch haben?«

»Selbstverständlich«, antwortet Tomke eifrig und rennt los, um es zu holen. Sie beeilt sich, als befürchte sie, er könne es sich jeden Augenblick anders überlegen. Außer Atem kommt sie mit dem Buch zurück.

Sievers setzt sich umständlich an den Tisch und holt das Formular aus seiner Tasche. Dann beginnt er zu schreiben, ohne einmal den Stift abzusetzen. Wir stehen alle drei um ihn herum. Ich kann es noch immer nicht fassen, dass er meinem Mann bescheinigt, als Gerold Heinrich an einem Zuckerschock gestorben zu sein. Als Sievers unterschreibt, zittert seine Hand, und ich erkenne in Maikes Gesicht ein kleines, zufriedenes Lächeln.

Er steckt den Durchschlag ein und lässt das Original auf dem Tisch liegen. Ohne eine von uns noch eines Blickes zu würdigen, verlässt er mit steifen Schritten die Küche.

Wir bleiben stehen. Hören, wie die Haustür ins Schloss fällt, der Motor anspringt und sich sein Wagen entfernt.

14

Mir fehlt jedes Zeitgefühl. Sind zehn Minuten vergangen oder schon eine halbe Stunde? Längst hören wir nur noch die Regentropfen, die von Böen an die Fensterscheibe gepeitscht werden.

Doch wir bleiben regungslos stehen, als erwarteten wir, dass Sievers jeden Augenblick zurückkommen, den Schein schnappen und ihn zerreißen könnte.

In Tomke kommt als Erste wieder Bewegung. Sie geht vorsichtig auf den Tisch zu, nimmt das Dokument und setzt sich.

»Gerold Heinrich«, liest sie andächtig und presst das Papier für einen Augenblick an den Busen. Dann sieht sie mit einem unsicheren Lächeln zu uns hoch.

»Setzt euch doch. Was ist denn?«

Was ist mit uns, wiederhole ich in Gedanken und setze mich. Keine Ahnung. Etwas hat sich, seitdem der Totenschein unterschrieben ist und Sievers das Haus verlassen hat, zwischen uns verändert. Uns verbindet nicht die erhoffte Erleichterung, die Freude, das Bedürfnis, sich in die Arme zu fallen. Nur eine ungeheure Müdigkeit und eine ungewohnte Scheu, miteinander umzugehen. Am liebsten würde ich nach oben gehen und allein sein.

»Ist das nicht eigenartig?«, sagt Tomke nachdenklich. »Jetzt haben wir es geschafft, und keine von uns ist in Feierlaune.«

Dass Tomke die Stimmung in Worte packt, tut gut und nimmt ein wenig die Anspannung.

Ich nickte zustimmend und suche Maikes Blick. Die hat sich zwar zu uns gesetzt, aber sie scheint in Gedanken weit entfernt zu sein. Sie schaut an mir vorbei und beobachtet die Regentropfen, die an der Fensterscheibe herunterlaufen. Ich wage es nicht, sie anzusprechen.

Tomke steht auf, nimmt den Totenschein und packt ihn sorgfältig in eine bereitliegende Klarsichthülle. Schon in der Tür, dreht sie sich um und fragt Maike: »Warum hast du das für uns getan? Normalerweise hättest du sofort weglaufen müssen.«

Maike zuckt nur mit den Achseln.

»Was ist zwischen dir und diesem Typen überhaupt gewesen?«, hakt Tomke weiter nach. »Dem war doch klar, dass hier was nicht koscher ist. Warum hat er trotzdem unterschrieben? Auf mich hat er nicht den Eindruck gemacht, als würde ihm so was leichtfallen.«

Als Maike noch immer nicht antwortet, fragt Tomke: »Du bereust es schon, nicht wahr?«

Ich mag kaum hochsehen, weil mich genau die gleiche Frage quält. Wir haben Maike mitten in ein Mordkomplott katapultiert. Sie ist so jung und wahrscheinlich immer noch nicht ganz nüchtern. Das war unverantwortlich. Auch wenn sie unser Strohhalm war, die einzig greifbare Lösung – wir hätten es nicht annehmen dürfen.

Da schüttelt Maike langsam den Kopf, als begreife sie jetzt erst Tomkes Fragen.

»Bereuen? Unsinn! Ich habe gewusst, was ich tue. Aber das habe ich in erster Linie für mich getan. Natürlich ahnt Torben, dass hier etwas schiefgelaufen ist. Etwas, womit er im Leben nichts zu tun haben wollte. Immer aalglatt. Dass er unter so eine undurchsichtige Geschichte seine Unterschrift setzen musste, das war perfekt. Ansonsten blickt er nicht durch. Schon gar nicht, dass der da drüben nicht Gerold Heinrich ist.«

Diese kalten Überlegungen passen nicht zu Maike und machen mich traurig.

Tomke sagt: »Ich brühe mir noch einen Tee auf. Wollt ihr Kaffee?«

Ich winke ab: »Nein, ich nehme jetzt auch lieber Tee.«

»Und du?«, wendet sich Tomke an Maike.

»Gar nichts. Ich gehe jetzt nach Hause.«

»Es fährt noch kein Bus«, gibt Tomke zu bedenken und wirft mir einen besorgten Blick zu.

»Macht nichts. Ich nehme ein Taxi.«

Ich habe es geahnt. Sie will so schnell wie möglich von uns weg. So dringend, dass sie sogar bereit ist, ein Taxi von Horumersiel nach Wilhelmshaven zu bezahlen.

Ich suche nach Worten. Worte, die sie aufhalten könnten. Nur so lange, bis wir aus dieser verworrenen Stimmung herausgekommen sind und uns loslassen können. Aber mir fallen keine ein.

Tomke hat Wasser aufgesetzt und dreht sich nun zu Maike um. Die Hände um die Hüften gespannt. Eine Haltung, die ich an ihr immer mögen werde.

»Jetzt hör mal zu, Mädchen. Du hast uns gerettet! Ob du das nun wahrhaben willst oder nicht. Du hast es auch für dich getan. Schön! Aber bis vor einer halben Stunde hatten wir ein gemeinsames Ziel. Deshalb werde ich nicht zulassen, dass wir so auseinanderrennen. Das fühlt sich an, als ...«, Tomke sucht nach einem passenden Vergleich, »als wären wir fremdgegangen. Genau! Und im Grunde sind wir das auch. Aber wir wollten es. Und hinterher, wenn der Rausch verflogen ist, wenn man sich wieder anziehen muss, dann sollte man das mit Anstand tun. Nicht, dass der andere zurückbleibt und sich nur beschissen fühlt. So habe ich das immer gehalten. Wir gehen heute erst auseinander, wenn wir uns wieder richtig angucken können.«

Tomke holt nach ihrer Rede tief Luft und wendet sich wieder der Teekanne zu. Mit heftigen Bewegungen löffelt sie die Teeblätter hinein. Ich bewundere ihre direkte Art, Gefühle auszudrücken. Ich hätte mir noch tagelang einen abgebrochen und mir eingeredet, es sei schon in Ordnung.

»Maike«, sage ich leise. »Ich sehe das genauso. Bitte bleib noch. Nur für eine Tasse Tee, für ein paar Worte. Danach will ich auch erst mal allein sein. Ich habe das Gefühl, seit Stunden in einem Karussell zu sitzen. Alles ging so schnell. Ständig musste eine neue Entscheidung getroffen werden. Es wäre traurig, so auseinanderzulaufen. Wir wollen dir nicht unsere Freundschaft aufdrängen. Du kannst gehen, aber bitte nicht so – nicht sofort.«

Maike stöhnt leise auf und hebt ergeben beide Hände.

»Gut, wenn das so wichtig für euch ist. Ich bleibe. Ihr habt gewonnen!«

Tomke und ich lächeln uns das erste Mal wieder zaghaft an.

»Aber so dramatisch, wie ihr das empfindet, ist das nicht gemeint. Ich will euch nicht bestrafen oder aus dem Weg gehen. Für mich ist es einfach vorbei. Ich habe Teresa von Torben und mir heute, nein, gestern erzählt, und nun ist es gut. Es ist einfach zu Ende. Und ich mag die Geschichte auch nicht noch einmal erzählen. Das ist nicht böse gemeint«, wendet sie sich an Tomke.

»Ich will einfach nur nach Hause und von den paar Zetteln und getrockneten Rosen, die ich von ihm habe, ein kleines Feuer machen und dann schlafen.«

Sie zögert. »Und von eurer Geschichte möchte ich nicht noch mehr wissen. Zurzeit jedenfalls nicht.«

Tomke und ich sehen betreten aneinander vorbei.

»Das Einzige«, Maike sucht meinen Blick, und ich versuche, ihm nicht auszuweichen, »was ich wirklich noch wissen möchte: Hast du das die ganze Zeit im Krankenhaus geplant? Hast du deshalb diesen Mann bei uns als deinen ausgegeben? Hast du den perfekten Mord geplant?«

»Nein!«, ich schreie entsetzt auf. »Nein, bitte, Maike, das musst du mir einfach glauben. Du brauchst es nicht zu verstehen, aber du musst mir glauben. Ich habe gar nichts geplant. Ich bin da reingerutscht. Ich wollte mich scheiden lassen. Ganz normal scheiden lassen!«

»Ich auch«, sagt Tomke. »Eine Scheidung wäre schön gewesen.«

Sie sieht Maike liebevoll an.

»Aber darum geht es nicht. Wir erwarten von dir keine Absolution. Wir wollen dich nur nicht im ersten Gefühlswirrwarr gehen lassen. Diesen Kater müssen wir nicht auch noch haben.«

»Okay, ich bleibe ja noch«, sagt Maike. »Ich verurteile euch nicht. Das finde ich zwar auch eigenartig, aber es ist die Wahrheit.«

»Das reicht«, sage ich hastig und muss mich zusammenreißen, um nicht loszuheulen.

Tomke wirft mir einen schrägen Blick zu und sagt: »Stimmt, es reicht. Wir trinken jetzt in Ruhe unseren Tee. Über Gefühle haben wir jetzt genug geredet. Dann rufe ich ein Taxi. Aber das bezahlen wir! Den Wagen müssen wir erst noch sauber machen. Das hat Zeit. Jetzt atmen wir erst einmal durch: Wir haben es geschafft!«

Maike nimmt sich doch eine Tasse Tee und sieht mit einem geradezu mütterlichen Gesichtsausdruck von einer zur anderen: »Ich habe es geschafft. Ihr noch nicht. Da gibt es noch einige Hürden. Das ist euch hoffentlich klar.«

Sie hört sich wieder ganz wie Schwester Maike an und lässt uns vergessen, dass wir fast doppelt so alt sind.

»Wie meinst du das?«, fragt Tomke hellhörig. »Hast du Bedenken, dass der Kerl doch noch zur Polizei rennt?«

Maike lacht trocken. »Nein, da habe ich gar keine. Er wird noch in dieser Stunde die Akte Gerold Heinrich bearbeiten, um sie abzuschließen, wegzulegen und zu vergessen. Aber er wird sie nicht vergessen können.

Das muss euch keine Angst machen. Er wird sich nicht rühren. Aber er wird von Zeit zu Zeit nachts schweißgebadet aufwachen, weil er sich erinnert. Genau das habe ich gewollt.«

Maike lächelt bei der Vorstellung. Dann wird sie wieder ernst und senkt ihre Stimme: »Dein Hausarzt, Tomke. Der wird einen Bericht bekommen und dich sicher fragen, warum du nicht ihn angerufen hast! Das habe ich vorhin in meinem Eifer völlig vergessen.«

Tomke atmet erleichtert auf: »Ach, das meinst du. Sicher wird er das. Ich werde ihm meine Panik schildern und außerdem habe ich bei ihm angerufen. Er wird heute Morgen einen unbekannten Anrufer auf dem Display haben. Ein Glück, dass er nicht so schnell am Telefon ist wie dieser …«

Tomke scheint der Name von Sievers entfallen zu sein. Wir helfen nicht nach. Seinen Namen kann man getrost vergessen.

»Dann ist das geklärt«, sagt Maike.

»Aber nebenan liegt noch eure Leiche. Was habt ihr damit vor?«

Tomke und ich sehen uns irritiert an.

»Wie vor?«, fragt Tomke. »Er soll ganz normal in unserem Familiengrab beigesetzt werden.«

Maike bedenkt uns mit einem nachsichtigen Blick.

»Ganz normal? Das habt ihr euch nett ausgedacht, aber bevor er da ganz normal reinkann, gibt es noch …«

»Du meinst das Bestattungsinstitut?«, fällt Tomke ihr ins Wort und Maike nickt.

»Wir ziehen ihn selbst an und schminken ihn ein bisschen. Dann braucht er nur noch abgeholt zu werden. Auf keinen Fall von dem Bestatter aus Hohenkirchen. Der kennt Gerold.«

Tomke kommt ein bisschen ins Trudeln und überlegt weiter: »Wir werden sagen, dass er nicht mehr angefasst werden soll. Vielleicht aus Glaubensgründen oder so. Und er soll auch keine Besucher mehr haben.«

Ich sehe Tomke zweifelnd an. Daran habe ich überhaupt nicht gedacht. Weder an das Anziehen noch an den Rest.

»Glaubst du, da hält sich ein Bestatter dran?«, frage ich vorsichtig.

»Warum nicht? Wir haben ihnen Arbeit abgenommen. Zum gleichen Preis, versteht sich. Ich schließe jetzt mal den Zufall aus, dass der Bestatter ein verkappter Detektiv ist.«

Wenn ich an die Kette von Zufällen denke, die uns bislang verbunden hat, wird mir schwindelig. Aber den Gedanken behalte ich für mich.

»Und deine Kinder?«, fragt Maike. »Sie werden sich doch sicher von ihm verabschieden wollen.«

Sandra! Der Gedanke an sie trifft mich wie ein Stromschlag. Ich habe sie immer noch nicht angerufen. Abschiednehmen! Beerdigung! Hört es denn nie auf?

»Nein, dafür werde ich sorgen«, höre ich Tomke ganz ruhig antworten. »Ich rufe sie erst an, wenn er aus dem Haus ist. Meine Tochter will erst heute Nachmittag vorbeikommen. Meinen Sohn rufe ich an. Ich werde ihnen sagen, dass es besser ist, Gerold nicht mehr zu sehen. Sie sollen ihn so in Erinnerung behalten, wie sie ihn kennen. Sie werden es beide akzeptieren. Da bin ich sicher. Nur der Bestatter, den kann ich nicht einschätzen. Da hast du recht. Vielleicht sind sie doch neugierig. Gerade, wenn man ausdrücklich darauf besteht, dass eine Leiche nicht mehr angefasst werden soll. Oder sie lassen entgegen der Absprache Angehörige zu dem Toten.«

Maike trinkt einen Schluck Tee und sagt dann: »Ich kenne eine Bestatterin aus Wilhelmshaven. Die ist esoterisch angehaucht und nimmt solche Wünsche super ernst.«

Tomke lächelt: »Wie sympathisch.«

»Aber dein Bestatter hier? Wird der nicht beleidigt sein?«, fragt Maike.

Tomkes Gesicht verschließt sich.

»Weiß ich nicht, und das ist mir auch nicht wichtig. Ich habe mich jahrelang verbogen und so getan, als wäre alles in bester Ordnung. Nur um dazuzugehören, nur um nicht aufzufallen. Nein, es ist mir egal, was sie denken.«

Tomkes Worte rauschen an mir vorbei. Ich kann nur noch an Sandra und Jochen denken. Jochen. Wird er auch ganz bestimmt sterben? Ich schäme mich für den Gedanken, aber ich muss es wissen, sonst macht es mich fertig.

»Maike, ich muss dich noch was fragen«, fange ich an, bevor ich es mir anders überlegen kann. »Jochen, der Mann auf eurer Station.«

Ich muss einen Schluck trinken, weil mein Mund plötzlich ausgetrocknet ist.

»Könnte er vielleicht doch wieder aufwachen und weiterleben?«

Bei den letzten Worten spüre ich die Hitze im Gesicht. Ich bin glutrot geworden.

»Nein«, sagt Maike und in ihrer Stimme schwingt keine Empörung.

»Ich wundere mich, dass er überhaupt noch lebt, wenn man das so nennen kann. Bei seinen Vorerkrankungen. Wenn sie abstellen, ist er tot. Garantiert. Er kann nicht ohne die Beatmungsmaschine weiterleben. Den Gedanken kannst du einfach vergessen. Geh morgen ins Krankenhaus und regele das. Es wird schnell gehen.«

»Danke«, sage ich leise und atme durch.

»Aber jetzt reicht es wirklich!«, sage ich, und die beiden sehen mich verwundert an.

»Ich meine, für Maike. Wir schaffen das jetzt allein.«

Sie lächelt mich an. Ihre Haut ist blass unter den vielen Sommersprossen. Ich widerstehe dem Gefühl, sie in die Arme nehmen zu wollen.

»Was hast du jetzt vor?«, frage ich sie heiser.

Sie steht langsam auf und sagt: »Mal sehen. Irgendwas ganz anderes. Auf jeden Fall nehme ich erst mal meinen gesamten Resturlaub. Ob es passt oder nicht. Du wirst mich im Krankenhaus nicht mehr treffen.«

»Und überhaupt?«, frage ich schüchtern.

»Ich weiß es nicht«, antwortet Maike ehrlich und sieht mich sanft an.

Dann fragt sie: »Kann ich dich über Tomke erreichen?«

Bevor ich antworten kann, nickt die lebhaft.

»Teresa und ich werden uns nicht aus den Augen verlieren. Das ist schon mal sicher!«

Ich lächele verlegen in mich hinein.

Tomke räuspert sich und steht auch auf: »Ich rufe jetzt ein Taxi.«

Und mit einem Blick zu mir: »Und du komm! Wir suchen ihm jetzt einen schönen Anzug raus und machen ihn fein.«

15

Teresa nahm den Hörer in die Hand und begann zu wählen.

»Sandra, hier ist Mama.«

»Hallo Mama …?«

Teresa hörte deutlich ihre Verwunderung und erinnerte sich, dass sie seit Monaten nicht miteinander telefoniert hatten. Für einen Moment fehlten ihr alle Worte.

Dann sagte sie hastig: »Papa und ich hatten einen Unfall. Er ist tot.«

Stille in der Leitung. Nur ein Rauschen, das die Entfernung ahnen ließ. Teresa stiegen Tränen in die Augen. Wie konnte sie sich nur derart brutal ausdrücken? Das erste Gespräch seit langer Zeit, und sie haute ihrer Tochter die Tatsachen mit zwei kurzen Sätzen um die Ohren.

»Bist du noch dran?«, fragte sie heiser.

»Ja. Wie geht es dir?«

»Na ja«, antwortete Teresa verwirrt. Sie hatte mit endlosen Fragen nach dem genauen Sachverhalt gerechnet. Ihr Vater war tot und sie fragte: Wie geht es dir?

»Das tut mir so leid«, hörte sie Sandra. Ihre Stimme zitterte. Teresa presste den Hörer an ihr Gesicht und sagte: »Ja, mir auch.«

»Es tut mir leid«, wiederholte Sandra. »Aber ich kann erst in fünf Tagen kommen. Ich stecke mitten in …«

»Das macht nichts«, fiel Teresa ihr ins Wort und versuchte, ihre Erleichterung zu verbergen. Fünf Tage. Bis dahin war alles geregelt. »Mach dir keine Gedanken.«

»Mach ich aber. Das ist nicht in Ordnung.«

»Es ist in Ordnung«, versuchte Teresa, sie zu beruhigen.

»Warum sagst du eigentlich immer, dass alles in Ordnung ist?«, fragte Sandra unvermittelt aufgebracht. »Ich kann die Prüfung nicht verschieben. Das ist nicht in Ordnung. Ich sollte jetzt bei dir sein.«

Teresa zwang sich, ihr nicht zu widersprechen.

»Papa wäre es allerdings nicht wichtig gewesen«, fügte Sandra ohne Bitterkeit hinzu.

»Aber du warst wichtig für ihn«, stammelte Teresa hilflos. Reinhard und Sandra. Sie hatte ihrem Vater doch immer so nahegestanden. Viel näher als ihr.

Da sagte Sandra mit fast vergessener Zärtlichkeit: »Ach Mama.«

ENDE

Ein ganz dickes Dankeschön an Doris Waßmann nach Amsterdam.

Danke an Annette Petersen aus dem Wilden Westen,

Claudia Rabenstein, Gleichstellungsbeauftragte des Landkreises Wangerland, für ihre Informationen aus der Region.

Christiane Franke aus Wilhelmshaven für die Beschreibung des Cafés ›Bar-Celona‹.

Regine Kölpin aus Neustadtgödens für so manche Mail.

Danke meiner Lektorin Claudia Senghaas.

Weitere Krimis finden Sie auf den folgenden Seiten und im Internet: www.gmeiner-verlag.de

Das neue KrimiJournal ist da!

2 x jährlich das Neueste
aus der Gmeiner-Krimi-Bibliothek

In jeder Ausgabe:

- Vorstellung der Neuerscheinungen
- Hintergrundinfos zu den Themen der Krimis
- Interviews mit den Autoren und Porträts
- Allgemeine Krimi-Infos
- Großes Gewinnspiel mit ›spannenden‹ Buchpreisen

ISBN 978-3-89977-950-9
kostenlos erhältlich in jeder Buchhandlung

KrimiNewsletter

Neues aus der Welt des Krimis

Haben Sie schon unseren KrimiNewsletter abonniert?
Alle zwei Monate erhalten Sie per E-Mail aktuelle Informationen aus der Welt des Krimis: Buchtipps, Berichte über Krimiautoren und ihre Arbeit, Veranstaltungshinweise, neue Krimiseiten im Internet, interessante Neuigkeiten zum Krimi im Allgemeinen.
Die Anmeldung zum KrimiNewsletter ist ganz einfach. Direkt auf der Homepage des Gmeiner-Verlags (www.gmeiner-verlag.de) finden Sie das entsprechende Anmeldeformular.

Ihre Meinung ist gefragt!

Mitmachen und gewinnen

Wir möchten Ihnen mit unseren Krimis immer beste Unterhaltung bieten. Sie können uns dabei unterstützen, indem Sie uns Ihre Meinung zu den Gmeiner-Krimis sagen! Senden Sie eine E-Mail an gewinnspiel@gmeiner-verlag.de und teilen Sie uns mit, welches Buch Sie gelesen haben und wie es Ihnen gefallen hat. Alle Einsendungen nehmen automatisch am großen Jahresgewinnspiel mit ›spannenden‹ Buchpreisen teil.

GMEINER

Wir machen's spannend

Alle Gmeiner-Autoren und ihre Krimis auf einen Blick

Alle Gmeiner-Autoren und ihre Krimis auf einen Blick